泉边

路也 ○ 著

山东文艺出版社

自 序

从进入 21 世纪以来的诗作中，选出了百余首，编为集子，并以其中一首诗之标题来命名全书，名曰《泉边》。

泉边，可以看成是这些诗歌的写作地点。

泉边，既是自然地理和生存环境的写照，也是理想人格和心灵源头的暗示。 泉边，兼具物质和精神的双重意味。

这是李清照的泉边，辛弃疾的泉边，张养浩的泉边，王士祯和李攀龙的泉边，甚至也是曾巩的泉边，苏辙的泉边，蒲松龄的泉边，老舍的泉边……我不无妄想，这也应当是我的泉边。

泉，是清洁，是灵感，是自足，是因内敛而迸发的激情，是永不止息。

无论内容半径大小，我确是在泉边写下这些诗篇的。 愿它们有着泉的特质。

"满城的泉池，它们在光芒中大声说着光芒。"

2021. 11 济南

目　录

卷二　（2011—2017）

卷三 (2018—2021)

卷一

（2001—2010）

晚宴

我是黄昏里操劳的女人

挽着袖子， 露出细白的臂腕

我从水里捞起嫩生生的菜

刀切在案板上， 一下又一下

加重着窗外的暮色

厨房里聚集了对生活的热爱

刚刚燃起的炉火多么温暖

我像只鼹鼠， 搬出屯积的食物。

我想在把西红柿和茄子下锅之前

都亲吻上一遍。

烤鸭在印花瓷盘里想着来生。

我找出了颜色焦虑的红糖

准备了一些油盐酱醋， 一些葱姜蒜

客人在门厅里。 他们和易拉罐一起

等候开饭。

筷子勺子摩拳擦掌

我贤良的笑容是最好的煲汤

2

在谦卑的屋檐下我找到了幸福
幸福就是包围着我的
热气和油烟

向晚

你就要来了， 我知道。
阳光已经西斜
鸟儿低低飞过蔷薇覆盖的矮墙
街市渐渐变得慈祥

我打扫屋子， 擦去一寸厚的灰尘
那整整一春积下来的抑郁
让地面明亮得映出我的青春
家什们发出幸福的呢喃

我由于兴奋而不安
在四十平米的空间徘徊
足不出户地走了不下十华里
小心地向窗外瞅
一棵正在开花的泡桐向前探着身子
淡紫的风朝着大路方向吹

我知道你就要来了
那扇有暗锁的房门微微颤动
成了我的心扉

4

小睡

穿堂风布置了这一切。
你在大屋睡着了，　我躺在隔壁小屋里
静静地想你。
我拥着薄被，　上面有笨拙的温柔
亲爱的棉花在里面轻轻喘息

相隔一尺，　我的南墙就是你的北墙
我的呼吸与你的鼾声押韵
韵脚轻轻拍打着
一面薄薄的墙

我知道这个初夏的中午爱我
它用床单上的方格子爱我
它用蓬松的树冠
和飘摇的裙裾爱我
还有爬山虎正在窗外的墙上蔓延
那是它爱我的最好方式

我感到安稳。
身体有点迷糊和无知，　正满足地下坠
我知道我会梦见你，　以及整个北方

5

在八里洼

在八里洼， 我习惯疾走
没来得及写出的文字在心底发霉
在八里洼， 我连衣裙的方格是清贫的
穿着 35 码的凉鞋
走在从老宅到故乡的路上。
槐树有着最慵懒的绿
爱俏的芙蓉把粉红色绒花戴满了头。
在八里洼， 抬头见山
低头看见水从桥下流过
我想一个人， 他一定知道我在想他。
黄昏我抱着书本出现在菜市
拎回一捆油菜和一袋樱桃
小聂正走在来我家的途中
她的大眼睛不停地在说 "我多么快乐！"

八里洼地图装在胸中
我的房子很重要， 需用红色同心圆圈表示
我还想在这张地图上画上小聂， 画上我
还有那个我老是想着的人。
我这个今生的过客就这样
找到了幸福， 它这么实实在在
在亚洲， 在中国， 在山东， 在济南， 在八里洼。

泉边

我和你坐在泉边。

这水多么清， 它来自山的脉管

名词在渗出岩层之后变成了动词

又从方形池塘流往沟涧， 七步成诗

就像我爱上你之后， 欢乐溢出身体的斜坡。

这个晌午， 我和你在山间

用泉水洗过手和脸

静静地倾听早衰的白杨树叶子落下来

不知蝉儿正在吟咏的是五绝还是七绝

山高水长， 一道多么古老的琴弦

我的心跳则是轻松的快板。

因为这个世界上有你， 所以我才爱它。

如果你是这山里的樵夫， 那我必定是采桑的蚕娘

我们还要一起在这世上活过许多年

梵歌在菊花丛上萦萦绕绕， 在我们身后

是那雕梁， 是那画栋， 是那一座汉朝的寺院。

红叶谷

我带你去的地方叫红叶谷
钻入群山蜿蜒深藏的肠胃
那镌刻化石图案的层层页岩是大地的史书

我带你来到的地方叫红叶谷
叶子尚未变红， 我的红裙子喧宾夺主
穿凉鞋的脚走在盘山路上， 像动物蹄子一样兴奋地撅起
我想朝着对面山崖大喊你的名字， 让回声阵阵撞击我的胸脯

我带你来到红叶谷， 这是我和你的谷地
在最深陷的地方有无法言说的秘密
屏住呼吸会听到秋天的小碎步， 闭上眼会感到泉水微微战栗
一只蜜蜂引领着我们越走越远， 在清香的树间迷路
待登上山顶转过身去
突然瞥见了时光， 这只滚动着的大碌碡

那些货轮

我们说的是那些从上游和中游来的货轮
当岛上喜欢早睡的人把灯光都熄了
唯有我们的房屋彻夜长明
它们会不会把这临江的窗口误当成灯塔
带着万吨的希望不顾一切地朝这边开过来
把江堤撞毁？

我们说的是那些从居所前面驶过的货轮
它们装着木头、 钢材或粮食缓缓前行
在我们半掩的窗前埋下伏笔
在那略显压抑的笛声里
有着放之四海而皆准的音节
可以听出过剩的力比多

那些吃苦耐劳的货轮， 那些巨人
用载重准确地测出了一条江的肺活量
用笛音的粗细长短测出你这个土著的血压
以及我这个异乡人的心率
在终将到达航道尽头时
它们一定会感到孤独

我们说的是那些货轮

我们坐在黄昏的江堤上说的是那些货轮

夕阳把江水浸染得多么悲壮

忽然我在某个船尾的货物标识的产地上

认出了遥远的北方， 我的家乡

水杉啊水杉

我爱你们， 这些种在长长道路两旁的水杉
我第一眼望过去的时候， 就爱上了你们

我爱你们的高， 你们的瘦， 你们的直
你们的彬彬有礼， 你们眉清目秀的好年龄
你们的愁肠和多情的身子骨
还有像烟一样轻灵薄透的神情

潮湿的大地通过你们
进行深呼吸， 并与云彩联络着感情
身上的细长枝叶能排列出无数象形文字
你们这些舞文弄墨的才子啊
在江南妩媚的天空下一路风光， 浪得虚名

你们不知道， 那路旁开蓝色小花的鸭跖草
也为你们害了相思病
我心口的一颗痣正因激动而颜色加深

为你们， 我远离了我的杨树的故乡
是的， 我承认， 我曾经深深地爱过白杨

它们在郊外一排一排地站立， 像是豪言壮语
每棵树都有沙沙作响的青春
苦命的麻雀栖落在它们的肩上

在爱过白杨之后， 现在我竟又开始爱上了水杉
并心甘情愿成为这里的囚犯
我要沿着这条两旁长满水杉的乡间道路一直走下去
能走多远就走多远

火车

火车把你运走， 把我留下来
在这个提速的时代， 我的心依旧缓慢
这个拖着十几个大箱子的怪物
提着马灯， 喘着粗气
有着像蜈蚣的脚那么多的小轮子

火车把你运走， 没有一丁点商量的余地
我没有足够的马力阻止车轮前进
眼睁睁地看着它越来越远， 一路向南
身体里的光线越来越暗

火车把你带走
把我的一辈子留了下来
我一生只活那么几天
其余时光就像火车开走之后剩下来的
空站台

你在病中

我隔了上千里烟雨迷蒙的国土

惦念着你的病情

竟把天气预报误读成心电图、 CT、 彩超和血压数

我还要为此斋戒， 只吃一点少油的素菜米粥

祈祷你的康复

如今你在病中

请像一棵雨后的稗草那样好好歇息

在午后阳光下闪烁细细的嫩芽

把来苏水味的疼痛和晕眩打电话告诉我吧

生命原是一笔需要慢慢偿还的债务

请打开病房的窗户， 看看水杉树顶的朝霞和落日

还有那飘着晚饭花香气的小路

安宁和静默是最好的大夫

我还有一大串叮嘱， 也请求你一一记住：

你要在美德里加进去那么一点儿懒

让书桌上轻轻落着尘土

你要与茶为友，以烟酒为敌

你要常吃核桃花生芝麻，还有海藻和鱼

你要每天去江边散散步

你必须按时吃药啊，不能怕苦

我一个人生活

我一个人生活

上顿白菜炒豆腐， 下顿豆腐炒白菜

外加一小碗米饭。

这些东西的能量全都用来

打长途， 跑火车， 和你吵架， 与你相爱

我吃着泰山下的粮食， 黄河边的菜

心思却在秦岭淮河以南。

我的消化系统竟这样辽阔

差不多纵横半个祖国

胃是丘陵隆起， 肠道是江河蜿蜒。

我就这样一个人生活着

眼睛闪亮， 头发凌乱

一根电话线和一条铁路线做了动脉血管。

我就这样孜孜不倦地生活着

爱北方也爱南方， 还爱我的破衣烂衫

一年到头， 从早到晚。

这辆自行车

这辆自行车多么能吃苦啊

它在田野里低着头，弯着腰，弓着背

我们两人都被它驮着，家当放进了前面的小筐

这辆自行车多么懂事呀

两个轮子步伐协调得仿佛在谈恋爱

如果下坡，你就刹一下闸

如果有小狗横过路面，你就按一下铃铛

它追赶着花香，追赶着黄昏的尾巴，追赶着地平线

很快就从岛子的西边到了东边

路旁的水杉低下头来细细打量

这一堆正朝前移动着的铁和不锈钢

晚安

晚安——

当我们彼此这样说的时候

电话线在风中轻轻地荡了一个弯

我楼下的茑萝早就合上了眼睑

你屋外的水菖蒲用外省口音打起轻鼾

我们相隔的上千平方公里啊

在半明半暗中笼罩着淡雾和轻烟

晚安——

这两个字的韵脚可用来催眠

使心跳和血流慢下来， 使骨骼里的钙积淀

使大脑像广场那样空， 使我的子宫像花骨朵那样饱满

在黑暗中消除着疲倦

晚安——

梦这只蚕很快就咬破躯壳和棉被这两层茧， 从中飞出

而那些还没来得及飞走的

会把填满谷糠的枕头沉沉地压扁

晚安——， 晚安——

一条大河和一条大江的中下游平原连成一片

被我们当成大床

在上面手拉着手一起入眠

18

住下来

今夜我想在这岛上住下

我的身体里缠绕着一卷上千里的旅途

我想在这里住下来

没有路灯的小镇适于安眠

并促使我点燃起身体里的那根灯芯

我想住下来， 现在是秋天

风有了凉意， 像一条长纱巾

汉语在黑暗的草木里窸窸窣窣

狗嘻嘻哈哈地拐过街角， 狸猫在废弃的厂房里流亡

那有着淡淡反光的是生长紫露草的池塘

我要住下来， 枕着江堤， 斜倚衰败的果园

把脚伸进蒲葵丛林里， 沉沉地睡去

我的梦会恍恍惚惚地

爬过矮矮的坡， 涉过遥遥的水面

登上远洋轮船的舷梯

过江

这条大江是我们的边境线

两岸草木信誓旦旦， 怀着从唐古拉山到东海的巨大耐心

当火车铿锵着驶过江上铁桥

我开足马力的心开始变得缓慢

与衣裳一起飞扬的风已越过七个城市的孤独

现在终于爱上了这宽阔的江面

和那些船只的飘飘衣袂

我在 6 号车厢倚窗而坐

车头已经到了江南， 车尾还在江北

这列曾穿透长城内外的火车此刻又横跨大江南北

它的经历这样广袤

随身携带的圣旨渐变为丝竹之声

翻山越岭的信念成为一块抖动的印花披巾

我在手机短信里告诉你 "我正在过江"

我不是百万雄师， 我只是由一个人组成的部队

全部装备是一小罐槐花蜜

它来自北方晴朗的五月

带着一个小镇的寂静和体温

江堤

在日落时分走上江堤
走上这个小岛环抱着的长臂
臂外是千里江水
臂弯里拢着满满的青草和花， 散落其间的房屋多么安宁
那些低首劳作的人， 把远远的天空当作誓言
在认真地刺绣着大地

在我的一生中， 有这样一个黄昏
和你一起走在这大堤上
风从背后轻轻抱住我们
被脚步声惊动的麻雀， 像雀斑那样点点飞起之后
留下了那些沉默的芦苇
当走到大堤拐弯处， 在这小岛荒凉的肘部
江面的落日已成为世界的中心， 巨大的寂静
压迫着我和你的呼吸

天黑下来了

天黑下来了。 我要你握紧我的手。
翻过江堤的斜坡
踩着独木桥越过长着水花生的洼塘
抄小道穿过那片广大的菜地。
我们携带着延伸的记忆
终于在微光里认出那些白了头的芦苇， 认出了屋门。
是的， 在初冬我们再次来到这里
世界在凋零和衰败中减轻重量
水位变低的大江依然缓缓地
从岛屿周围绕过。

轻轻的脚步声被一簇矮冬青破译
天地正渐渐把光线收起， 关到一个巨大的匣子里去。
我要你握着我的手， 我要你把体温传给我。

鱼塘

我相信那些鱼都睡着了， 所以不见踪影
红鲤该有年画上的模样， 这方水塘是金色屋子
用来藏娇。
破烂的鱼网扔在地上， 供麻雀结绳记事。
紧靠岸边的， 仿佛是伏羲或神农留下来的
一只失去双橹的木船。
藻类絮絮叨叨， 话题挤向水塘四个边缘。
那些逐水而居的灌木临帖着北风
把自己的姓和名写下来
用勇气顶住了江南冬天的微寒。
当我和你走过， 我说， 要小心， 要小心
这岸边的泥土很软， 跟春天时候一样
那么容易塌陷！

在临安

在临安， 我食竹笋咸肉、 莼菜汤和小黄鱼
还有青团， 用艾草汁揉和糯米面又裹了豆沙馅的
品着从围墙外的山上采回的龙井
我愿为这些美味丢职弃爵
是的， 我几乎忘了随身携带的悲伤， 忘了你

在临安， 我认识了木荷、 香樟树、 桫椤和岩柏
这些植物用全身心的淡淡苦香抚慰我
从早晨到黄昏雨丝都飘在半空
走遍座座小山， 衣袖已被染绿
我真的就要把你忘记

我见到多年未见的老友
红砖小楼下的水洼传来青蛙的咏叹调
凉台上有安居乐业的盆花
门厅里摆着懂中庸之道的躺椅
那些餐具在厨房里保持着好脾气
是的， 我来到临安， 就是为了不再把你想起

我枕着山睡去， 傍着云醒来

24

一阵小风在测量我的身材

这是临安，是李白和苏东坡来过的临安

唉，为了忘记你，我一口气跑出来两千三百里

在增城吃荔枝有感

荔枝相当于水果中的贵妇
就像杨梅和樱桃
是水果中的小姐和丫环

它被一个皇帝用来讨好
他的某个妃子
在没有高速公路和波音飞机的时代
这是一个劳民伤财的故事
是一个生活奢侈豪华的故事
是红颜祸水的证据
被看成亡国的原因之一
是的， 我们不妨说， 是荔枝颠覆了
中国历史上最强盛的朝代
我们也可以说， 这就是爱情呢
要以一个王朝的毁灭为代价

其实所有的爱情都是昂贵的
都像荔枝一样容易腐烂， 朝不保夕
为了保鲜， 必须日夜兼程
使人筋疲力尽

26

并且累死许多匹马

这是爱情故事中唯一与吃有关的
在我看来， 这首先是一个吃的故事
其次才是爱情故事
它使我想起在我的学生时代
差点儿因为一个男生送的一袋巧克力
而以身相许

如今我快到了杨贵妃缢死马嵬坡的年龄
我没心没肺地活着
乘飞机跑出 4000 里来到广东增城
自己买荔枝给自己吃
从 "桂味" "糯米糍" "水晶球"， 一直到 "挂绿"
如果按古代的成本计算
我差不多吃掉了半个大唐江山
如今， 谁也不是我的唐玄宗
我也只是我自己的杨贵妃
我走到哪里， 哪里就是长安

沪杭道上

吴山青， 越山青

我只是用碎花长裙轻轻地扫了一下

刚刚醒来的上海的楼群

便从动脉转静脉， 从铁轨换到了高速公路上

大宇客车如飞， 油箱里盛的似乎不是汽油， 是酒精

行李箱里有一本 《宋词选》

连 "声声慢" 都具有了 125 公里的时速

路两旁， 水田瞳孔闪烁， 竹林有纤细的神经

茶园以山坳为壶， 用雨把自己冲泡成一大壶碧螺春或龙井

斑鸠在叫， 这位乡村诗人擅用押韵的叠音

小镇分上阕下阕， 以河为臂相挽， 以桥为手相牵

亮亮的雨丝在它们身上做着针线

忽然， 车身颠了一下， 越过了地图上的分界

从夫差的领地进入了勾践的家园

当年的绯闻主角西施范蠡已化作荷花， 在池塘里接吻

六十年前， 一位张姓女子沿相似线路去寻负心人

悲伤的蒸汽机火车载着民国的爱情

而今， 是我， 在飞奔， 长发当风

一只粽子作早餐， 从一个直辖市吃到一个省份

第一口蘸着黄浦江， 最后一口就着钱塘

28

我回来了

我回来了。

一只蚂蚁绕地球一圈

驮着两大箱子的想法， 一路留下不浅不深的车辙

一只燕子飞过四个温度带

体内的小小发动机不停， 微微发烫

在心中记下南北东西的景色。

我回来了， 回来了

钥匙还是那一把， 铜的， 柄上有一点缺口

末端的圆孔拴了红黄相间的头绳

我用它打开久闭的积尘的木门

插上所有电源， 给灯泡电脑洗衣机冰箱和空调

都输入温暖的血液

多么好， 我重新听到了这幢房屋的脉搏。

我回来了， 挂历上的鸢尾还在开着

北墙上那簇上百年的荷兰向日葵

依然在等待收割

纯棉床单上不多不少， 还是印着 122 个方格。

一只蜘蛛在门后的墙角安了家

两只年轻的蛾子从大米袋子里飞出

结伴而行， 从厨房飞到后凉台去郊游

三只棕色小蟑螂亮亮的， 趴在灰色地板上佯装缄默。
是的， 我和我的偏头疼一起回来了
我和我那一肚子发霉的汉字， 一起回来了
我和一个国家被雨淋湿的千里暮色一起回来了
没有胖也没有瘦， 心里还是流淌着一条大河
头上的发卡还是那一个， 项链上的小石头还是那一颗
啊真的， 真的没有改变什么
只是比从前多带回了
一本世界地图册

蜀道

他走了一个月的路途， 这最缠绕盘旋的句子
我用两个半小时就可以走完
可心里的蜀道， 同样难于上青天

不见烽火台不见龙袍， 听不到猿鸣
只有那声长叹， 那声用麻辣川音喊出的噫吁嚱——
跟风一起， 掠过高速公路的路面

油菜花从成都开到德阳， 开到绵阳、 剑门关， 直至广元
这些花还将一举攻破秦岭
这条道的最北端， 定是古长安
油菜花在那里会变成乐不思蜀的牡丹

就当我女扮男装成了他， 辞亲远游仰天大笑应诏去
哪知此生只能为自由卸鞍， 高歌和寻仙才是本分
午餐被汪伦安排在途中客栈
长城干红一杯一杯复一杯， 却吟不出一句诗来

周围高山围成一圈盆壁盆沿
雨滋润着盆里面这肌肤水嫩的平原

31

天放晴时， 狗就对着太阳叫唤
得陇之人如今已抵达蜀国， 还敢有什么奢望啊?

眼下走着的这条道一定是他走过的
道路钻过大山， 给国土开出一扇朝向西南的窗子来
从海边到盆地， 我飞越了万水千山的哀愁
这么多古人， 我只爱过他一个人

五花马早就换了酒喝， 之后他只能骑驴了
我乘着桑塔纳， 却注定超不过他
整个大唐拿他没办法， 1300 年了谁也拿他没办法
他是剑气满天花满楼， 他是白日梦， 是月光， 是 UFO

山中墓园

他下葬那天， 天气晴好
等到达墓地时， 一阵风却吹破了云天
石匠的敲打声惊扰地府
从地球上钻个洞， 安放进我的父亲

墓位于山坡， 可望见低处的田畴、 湖泊和白杨幼林
父亲那双热爱自由的眼睛
可以眺望远方

紧挨墓园往北的巨大土岗， 是齐景公之墓
从此， 父亲跟春秋时期人物没有不同
庶民与帝王抵足而眠
都称作古人， 进入史书或家谱

石头可以砌成房子或铺成道路
而在这里， 用作纪念和遗忘
（它羡慕建房铺路的同类享有明亮的热闹
而后者则向往它能够独处， 日日作哲学思考）
无人祭扫时的寂寥
将在时间里生成苔藓和蕨草

这是穿过无数道门，最后进入的门
一旦进去便永远关闭
墓碑上姓名，是有道德感的宋体
出生日期和死亡日期，中间隔了 "——"，遥遥相望
死亡时期总想朝着出生日期返回，沿途寻找遗失的一切
一生发生过多少事，似乎都并不存在

供品是点心、橘子、酒和鱼，在一个个小碗里摆放
有无人食用的侥幸
一束白菊在守丧
花枝摇曳遮住碑碣的脸庞

那抔灰烬一定还记得它来自的那个躯体
做着还原并复活的努力
让风把呼吸吹送进去
灵魂出了时空的海关，就叫它回来
若已走失，那就与我共用一个
（好灵魂总是轻盈、巨大、安详）
我想让那人从花岗岩下面出来，继续做我的父亲

脚边一株蒲公英，不介意生于何世
天空空无，并不透露天堂的消息
身影在斜阳里拉长又缩短，无可期也无所依
继续留在活人中间
不停地追问死亡，一直追问到死的那天

34

秋深了，天黯淡下来
被收割的不是庄稼，而是
我们。

在南郊

南郊是整个城市的后花园
春天是一份从古代发来的传真
书生他乡远走， 丫环怀孕， 留下小姐一人精神崩溃
在绝望地焚稿之后， 天上浮云远去
日日出没在南山的乱石草木间， 爱情的发病率降低
面前有多少路， 就该有多少歧途
要在悬崖边， 把身体里的油门踩到最大
要像古庙檐头的瓦楞草那样有着远远的寂寥
要跟蒲公英并排坐上坟头， 开出的小花如地下幽魂
爱变成癌， 歌变成哭， 要准备一部 《金刚经》
已耗费了很多纸来写疼， 还是没有写尽
最后干脆把纸页当成南墙， 一头撞上
这条短短的命多么耗电， 心头的灯盏一点也不省油

晚报

16 个版面均被梅雨笼罩

报头用的是钱塘潮般的字体

头版头条的标题醒目， 看去犹如苏堤、 白堤

其他标题， 无论横排竖排

则都像湿漉漉的学士街或孩儿巷

新闻， 好消息是柳浪闻莺， 坏消息是南屏晚钟

编者按用了亭台楼阁的逻辑黛瓦粉墙的思维

广告版上张小泉在吆喝卖剪刀， 宋嫂卖醋鱼

副刊上作者很多： 有林和靖、 朱淑真、 苏东坡、 郁达夫等等

文章有霉干菜味的， 也有杭白菊或龙井茶气息的

报纸中缝的青砖瓦楞上， 长着蕨和苔藓

那里贴征婚启事， 梁山伯在那里遇见了祝英台

竹子

坐在竹亭吃天目笋干， 看江上竹筏已远
手中折扇以竹篾为肋骨， 而竹筷指挥交响乐队般的碗盘
——竹子有学以致用的青春

笋是童年， 婴儿肥， 被熊猫搂着
长大成竹子， 那么帅， 一节一节追求进步
姿势象形， 心是语文

雨喜欢竹子， 喜欢这个长满竹子的省份
如果不在雨中， 那就种植在宣纸浸泡于水墨上千年
这骨格清奇的植物有潮湿的命运

风把竹子当箫和笛子横吹， 一片竹林就是一个乐队
曲目是高山流水、 广陵散和汉宫秋月
竹腔里发出一个国土内心的声音

最早历史写于竹简， 竹林下的文人叫竹林七贤
还有一种爱情就叫青梅竹马
竹子上面刻写着一个民族的皱纹

竹子裸露出骨头关节， 是为了长得高和硬
不开花则已， 开一次就拼了性命
这片土地上长出竹子品格的人： 鲁迅、 秋瑾

国际航班

跨出汉语的城墙

穿过日语的断壁残垣， 翻过韩文的篱笆

最后， 又跳进了英语的圆窗

我被译来译去， 成了一个病句

激情每小时上千公里

窗外是太阳的打谷场和白云的村庄

我相信是一场三万英尺的大风把我刮走

将荒唐的前半生扔在了地球上

国际日期变更线像一条跳绳

我从 4 月 12 日跳回 11 日

今天变昨天， 错是否能改， 爱是否可以重来

过北极

机舱大屏幕上， 银色飞机图标
正移动着经过北极， 终于将北极点覆盖住了
地球脑袋上有两个发旋儿
这是北面那一个

可爱的地球， 静静地悬着， 我从上空飞过
可爱的地球， 我喝着咖啡， 从舷窗向外俯视
它那磨旧了的自转轴顶端

在北纬90度
方向不是四个而是一个： 南方
飞机上的指南针感到多么困惑
所有经线像头发一样收拢到了这里
此处钟点可以是任何地方的时间

北极熊把正在融化的冰面当了跷跷板
鲸从今天游到昨天， 又从昨天游回今天
爱斯基摩人在干活， 原地转了个身
就已称得上 “环球一周”

如果这样抄小路
朝周围看， 一切都相隔不远：
中国、 俄罗斯、 英格兰、 美利坚

茫茫白色， 白色茫茫， 多么形而上学
投在冰面上的暗影， 是一架波音 747 的幻觉
它在万米高空
朝这个巨大磁场致敬

飞机正飞过北极点
我的身体里产生了逆时针的旋涡
心情极昼极夜

飞机飞过北极点
它的盘旋加快了这颗星球的转动
家在地上， 人在空中

木屋

我说， 这木屋有和气的表情
烟囱把上苍当信仰， 上面罩一片白云
野苹果每隔一会儿就亲一下屋檐
为迎我这个外宾， 你们把自由主义的草
共修剪了三茬

我说， 这木屋适合青梅煮酒
露台上的夏天已倾斜
风吹送话语， 在对面河岸引起回响
血管里的奔流跟星空进行着交换

在这些温驯的旧家具中， 我感到踏实
我愿意把月亮当奶酪夹进面包当晚餐
只是担心烤箱里的青玉米经高温
会不会变手榴弹

我说， 这木屋有福
屋前那棵老橡树力气巨大， 让风改了方向
屋后小河的呼吸
加重了一丛丛野花的妄想

43

这木屋周围可刀耕火种
耕地也是田字格， 只不过上面写字母
如果种豆角， 让它们扭着弯曲细长的腰肢
爬上玉米秸秆
那该多么像我的故乡

这里， 离我那纸叠的爱情十万八千里
我快乐， 洗衣机里笑盈盈的肥皂泡也快乐
浴巾有一点点困倦
旧衣裳庆幸自己当了晚礼服

我说， 这木屋是宅邸， 是王府
墙是粗糙枫木， 楼梯直接用有斑痕的白桦树干
生锈的钉子歪得多么可爱！

你是我的亲人

献给我的姥爷
他于 2001 年 12 月 29 日去世
他抚养我长大
我曾像一只小狗陪伴他的暮年

1. 打棺材

打棺材的人在忙碌
死亡是新鲜的
带着木屑和刨花的清香
刚刚死去的姥爷躺在屋里
我相信他一定听到了
外面锯木头砸钉子的声音

同时我感到
空气中有朵大白花在悄悄开放

阳光普照，显得很阔绰
我在庭院里走来走去
我、还、活、着
五脏六腑完好

渴望寻欢作乐， 唯恋爱是图

我希望打棺材的动静尽量轻一些
我不愿让屋里那个人听到
这不吉利的响声
他说不定会因此生气
也许他以为自己只是在小睡
过会儿就会醒来
推开窗户仰起头
朝着天空看看风向

空气中有朵大白花
在悄悄开放

我考虑着
往棺材里放什么
录音机和吕剧磁带
舒喘灵气雾剂， 还有布老虎
一顶呢帽子和假牙
要放的东西实在多
我不想把那个人放进去了

空气中那朵大白花
开得越来越大越来越轻

2. 盖棺

那个盖子就要盖上

它一旦盖上
就再也不会打开
故事讲完了
今生今世闭幕
书的封皮彻底合上

我再也不会
看到你
谜语丢失了谜底
针落入大海

马上就要盖上了
我要不要跑上前去
看你最后一眼
岁月太漫长
我害怕忘了你的模样

我要不要跑过去
拨开人群
对你再说点什么
你肯定也想嘱咐嘱咐我
也许这一切太仓促
还有什么没有交代清楚

这盖子是一道
强有力的封条

将你我隔开

从此两茫茫

最诚挚的恳求

也不能使它打开

说一万遍 "芝麻开门"

也无济于事

现在我必须赶紧跑过去

要不就来不及了

必须

赶紧

可是这时候

我听到

当——当——当——

锤子砸在铁钉上

铁钉揳入木质

秉承死亡的最高旨意

空洞的响声长驱直入

穿透我的身体

穿透 2001 年冬天

盖棺定论

张其正 (1919—2001)

济南市历城区仲宫镇北井村人

他一生热爱土地和庄稼

他含辛茹苦， 把一个小丫头抚养大
并使她成为一个无用的诗人

3. 送葬

他们把你的灵柩抬了起来
仿佛有人喊了声 "一二"
恸哭整齐而有预谋地响起
使天空蓦然降低半米

他们把你抬出大门
往田野里送
唢呐吹出的凄凉开道
纸扎的奢华尾随
我站在庭院里纹丝不动
心变得冷硬

大家都看到了
你最疼爱的那个孩子
没有哭
只是发愣

我在想北方深冬
那面黄肌瘦的野外
风从地上刮往天上
老柿树早就掉光了头发
干旱的冬小麦绿得多么不情愿

我在想地球如何

使出 9.8kg 的日常气力

伴随来自它骨髓的凉意

张开口把你吞进

埋入公元前的黑暗里

坟墓砌在向阳的崖根

刚培的土壤崭新得那么伤悲

我相信你会夜夜

朝着家的方向

朝着人间的灯火

眺望

我还相信你会

一遍遍念叨我的小名

依然把我当成你的一块心病

你身在故乡却如同异乡

那是另一个世界

我们的距离不仅是从天涯到海角

隔开我们的不仅是时间空间

通向你那里的凄迷路径

在任何一张地图上都无法找到

而在我眼里

整整一个北井村

50

都是你留下来的

遗物

4. 最后的小屋

让我再看看这小屋吧

这石头和土坯的建筑

从此空空落落， 再无人居住

瓦上的枯草指向远方

插在窗框上的干雏菊将心灵关闭

在这屋子里

年月日相濡以沫

清贫和富足一条心

用旧了的家什彼此体贴

墙画上的大好河山穿红着绿

我瘦小的身躯在碎花小袄里

承受过多的恩典

再看看这小屋

这是最后一次

将它化整为零

记下每个角落并能背诵

我将云游四方

在这星球上无依无靠

生是序， 死是跋

把墙上的照片取走
然后像谢幕一样环顾四周
在心里打上 "剧终"

我还能再来吗
再来的时候不见炊烟
锅灶冰冷
香椿和榆树空长着年轮
那人在黄土以下数米
看不见人间的春天
一棵蒲公英就能代表的春天

从此我在北井村
没有了亲人
那个赶集给我买头绳的人
那个带我上山放牛的人
那个用独轮车推着我童年的人
没有了

5. 空庭院

苦菜长在窗下石头缝里
开出的黄花那么孤单
越冬的燕子自南方飞回
从泡桐上的老窝
惊疑地俯瞰静悄悄的院落
连风也充满询问:

那个喘气像风箱的人
去了哪里

老铁锹在墙根站着
木头柄被晒得暖洋洋
它不了解自己已退役的命运
那双粗糙温暖的大手
再也不会将它拿起
最后一次劳动是在上个冬天
握在别人手中
给自己的老主人掘墓

一树桃花开得无比绚丽
可看上去像是在号啕
蜜蜂无知懵懂
来采那愁肠百结的花粉
那枝子无人修无人剪
就是长了果子也无人摘了

只有隔年的枯叶
身无长物
将发生过的事情
一遍又一遍地复述

如今在这里
谁还能对我慈祥

如不知疲倦的太阳
谁还会为我打开木闩的门
端来粗茶淡饭
如今在这里， 我是谁的孙女

6. 清明

这一天的春色
艳丽得有些失真
太阳如上千瓦的电灯
患着神经衰弱
花园里那样安静
尽是花草的魂魄
广场上空的风筝远离尘世
是蝴蝶蜻蜓鲤鱼蜈蚣
梦见自己在天上飞

我像从前那样
买上你爱吃的东西出了城
天开始有点阴， 风轻轻地吹
我并不流露悲伤
佯装着你还在

山路崎岖
苦命的酸枣树已发芽
根深深扎入地下
可探测到亲人的消息

你一定知道我来
你一定在山岗上东张西望过
你的小孙女在遥遥的注视里
该像一只小小瓢虫吧
你一定拨开淤积的层层腐叶侧耳
把我由远及近的脚步声
当成了慰藉

在你身边坐下
低矮匍匐的野花像彩色图钉
结实地按在大地上
装饰着你的居所周围
我是否该敲敲你的房门
是否该大声地叫喊

一年三百六十五天
只有今天供我们促膝长谈
这个世界和那个世界
采用不同方法纪元
连日期和节气也互不相同
但只有今天是重叠着的

别来可好
请让泥土说
请让茫然的风说

7. 一床棉被

妈妈在窗下给我缝被子
用操劳的针穿起了牵挂的线。
我歪坐床头， 脚丫子放上书桌
我是她的女儿。

十年前， 姥爷到集上买布料和棉花
请姨姥姥做了这床被子。
姨姥姥是妈妈的亲姨， 姥姥的亲妹妹
穿针引线时想起她那早逝的姐姐。
姥爷在一个有薄雾的清晨抱着新被子
比冬天早一步赶到城里。
那时我在恋爱， 对自家人态度漠然。

姥爷于前年年底去世
他对我的挂念以一床棉被的形式
留在了人间。
棉花是上好的， 洁白、 善良、 厚道
那是一床棉被的传统美德
布料图案上的野菊盛开
如今陷在怀念里， 枝叶花瓣看上去有点疼。

我把脸贴在棉被上。
我挨着死去的和正在衰老的亲人
挨着二十四节气和大地体温
上面有姥姥味、 姥爷味、 姨姥姥味和妈妈味
母系家族的爱多么绵软多么悠长
我是大家最惦记的那个孩子

56

卷二 （2011—2017）

日晷

我跟太阳签订了契约： 它按光的几何来照耀我
我用它的影子表达时间的几何

我陷于孤立， 精确计算那巨爪的角度
我是自身又不是自身
时间存于这里又不在这里

太阳摆脱星云， 我放弃群山
请大地后退一下
一根针和一个圆面， 我与宇宙的政权直接联系
分和秒以隐喻的方式袭击过来
我是本体的真相， 太阳和时间的双重纪念碑

预感来自地平线第一缕曙光
正午盛大， 全神贯注撑起光的拱廊
在黄昏哀歌里， 镶边的云打着哈欠
即使在没有光和影的阴天和夜晚， 我也要仰望

我相信太阳的存在
远远超过相信我自己的存在

58

比向日葵更爱太阳， 颂赞并感恩全都默然无声
我是另一个西西弗斯， 推动的是阳光这块亘古巨石

风从一棵小草上刮起， 拂过时， 我的指针颤抖了一下
后来从一位少女的脖颈上拐弯
吹向西周和巴比伦， 吹向整个历史
迎面而来的灿烂， 使虚无打开， 谁正以光速
返回到无限的过往？

瘦西湖

瘦西湖瘦在哪里？　腰身和精神
而雨里的野鸭子是胖的，　模拟画舫雍容而行
水草也过于丰美

把每座桥走遍，　也没弄清哪座是二十四桥
只好重回杜牧的诗中去寻
十年前我恋爱时去过的茶社，　门庭已改——改得好
即使在我的诗里，　它也已灰飞烟灭

古代工匠只镌刻了水榭廊柱上
某一朵梅花中的一小片花瓣，　天就黑了
短短的一生在昏昏欲睡里显得漫长
其实镌刻不了几朵梅花
人生就将尽了

水边的美人靠，　倚着我的中年
我因长相平淡而从无迟暮之感
巧克力冰激凌是我的最爱
不哀叹光阴，　因在哀叹之时，　光阴又短了一寸

平山堂

欧阳修先生，　栏杆外是千年后的灰色天空
江那边诸山已望不见了
视野狭小，　唯见墙头乱草随风，　墙外开过旅游大巴

昨夜细雨落在蜀冈的一片芭蕉叶上
蜗牛的独轮车，　擎着时间的感应天线
沿着叶脉之驿路，　缓慢地进入回廊下的宋朝

欧阳修先生，　作为扬州市市长
你的文名远远压过了政绩
遗留这个坐花载月的诗会地点，　让淮左名都深陷白日梦

让我前半生来了又来
上次来时正值堂前紫藤相亲，　这次又遇荷花出阁
佛仍住在隔壁，　面无表情

月出东山

月出东山， 又大又圆
照耀着归途， 我像一首诗那样
拐弯并折行
从山顶渐渐下来

天地正吱吱嘎嘎关闭大门， 四周多么寂静
屏住呼吸， 才能听到山间细语
今夜盛大月光要把世界映成一个剧院
农历十五， 月亮在她的排卵期
无比饱满

柏树林勾勒出来的山际线
色泽也在一层一层加深
一只披黑斗篷穿白衬衣的大鸟
从草丛跃起， 飞进暮色
我加快了脚步

山脚下的灯火在望
我的心已比我这个人先到了家
忽然， 一只刺猬披着铁蒺藜拦在路上

它说： 你好

并且想给我一个大大的拥抱

信号塔

信号塔矗立山巅， 孑然一身
相邻的山头上， 并无一座母塔与它匹配
独身也是出于对生活的热爱

一个人抵达山巅， 还想继续沿钢铁架构攀至塔尖
触一下潮湿的白云， 嗅嗅天堂的味道
替人类瞭望一下前程

信号塔不是巴别塔， 它只望天而不通天
亦无资格像教堂尖顶那样谈论救赎
它其实类似田纳西那只坛子， 让周围荒野朝它聚拢

信号塔上足了发条， 令周围空气发痒、 微颤
它通知天空一些人间讯息
偶尔也把天上的想法， 转发给大地

它采纳风的意见， 收集飞行器的心情
它把晴空万里的热度和亮度积攒起来， 去抵抗阴霾
它有时截留电缆里的幸福供自己享用

一群蝙蝠穿越信号塔周围的暮色，　返回山洞练倒立
这些瞎子自带超声波以遥感未来
只有人类才关心命运，　往天上发邮件并渴望得到批示

信号塔仰望天空的力度超过哲学家和圣徒
它每天早晨向天空脱帽致敬
周围山峦全都鞠躬，　齐刷刷地配合

信号塔耸立山巅，　没给自己留后路
它只拥有一条通往上苍的虚空之路
那条路在时间之外，　那条路两旁栽满了小白花

一架飞机掠过

一架飞机掠过山谷
它飞得过低， 几乎擦着山， 山的鼻尖吓出了冷汗

在谷里走着的人
抬头仰望， 巨大轰鸣压过了内心的悲伤

这架飞机驮着几千里孤独
飞过这片有我的荒山野岭， 去有爱的地方降落

油箱中大剂量的黑暗， 发动机里万有引力的教诲
全都跟我身体内部相仿

如此低飞， 像在认输， 像在乞求
如此低飞， 似出于多情， 在寻找另一位钢铁做的爱侣
如此低飞， 想必有一颗裂缝的心
如此低飞， 很容易陷入遗忘和走神
如此低飞， 一定发生了什么， 一定有它的苦衷

低到能辨识出空客机型， 以及邮票般的图案标识
一个个窗口那样谦虚

66

上面的人也看得见我，　这个在谷底徘徊的
失魂落魄之人

它曾推动地平线，　它勾画过城市天际线
天空中有属于它的道路
那道路跟地面道路一样，　有阳关大道和羊肠小道，有上下坡
有坑坑洼洼，　有拐弯，　也有死胡同
不知此刻它在这荒山中，　走的是哪种路线

这移动着的银色，　纯粹，　虚无，　沉默，　透明，　晦涩
这移动着的银色，　是形而上的，　是未来主义的
这移动着的银色，　带了弧度，　是隐喻的颜色
这移动着的银色，　仿佛虚构出来的

这移动着的银色，　有别于山中一切：岩石、　植被、　走兽
它模拟飞禽，　嗓音却泄密，　肢体也太过僵硬
这移动着的银色，　使山里气温降低了二至三度
这移动着的银色，　把头顶上的天一分为二
这低低地移动着的银色，　让人感觉上面有一个
永远不会将计划付诸行动
只是爱做白日梦的恐怖分子

一阵风被裹起，　有念头，　有犄角，　有危险的呼吸
空气清凉，　松脂浓重，　山之褶皱层层舒展
白云千载，　阳光大步流星
时间逍遥，　时间没有台词，　时间去往何方

这架飞机就这样轰隆隆、 轰隆隆地掠过

这架飞机就这样轰轰隆隆地飞过去

我的悲伤由一条河流变成了一个漩涡

一座座山

如此镇定

而地球

越来越重了

山径夜行

我的手中缺少一盏马灯
发白的砾石路面延伸进了黑暗
山峦起伏的剪影越来越模糊， 有一种不安

鸟声沉寂， 虫声四起， 流水声变大
若隐若现的是庄稼残梗
田鼠在建谷仓， 趁月黑风高

背包压在双肩如一座壮胆的小山
疾走的双脚分不清左右
要望见山下灯火， 不知还得走多远

岩石散发铁锈味， 草丛传递清凉
那差点将我绊倒的是老泥路上的深深车辙
里面水洼中有刚下班的青蛙

我的心像一车干草那么蓬松
植物茂密， 夜色渐浓
不知还要走多少路才能回到家中

一朵雏菊

晚归的时候

大山给我一个拐弯

让我拐过去

被你拦住去路

这条路是谁的路

原本是蜜蜂和蝴蝶的路

是鼹鼠和蜥蜴的路

是被尘土镶边的风的路

是酸枣枝丫晃动着的影子的路

你刚刚开放

在那么陡的坡上， 把腰杆挺得笔直

柔软的面容里有永恒

砾石堆把你衬托得尤其耀眼

比起你的美， 孤独总是显得过小

雄心总是显得过大

你的一生很短

只是为了标在春天页面的底端

用最小号字体

做一下脚注

我走过来的时候

仿佛在预料之中
你稍稍侧了一下身
做出邀请的姿势， 说：
"请——"

在河边

母亲坐在河边， 河道蜿蜒
蜿蜒河道用流水和蓝白草来抒情
从南山水库一直抒到黄河， 抒到渤海和太平洋

母亲坐在河道最大的一个拐弯上
她长长的叹息也在此拐了弯
泡桐顶上晴空万里， 风从东南朝着西北吹拂

我拎着两罐中草药， 朝河边走
贫穷和理想在身上叮当作响
时代日渐肥胖， 我拖欠了它一笔十年旧账

河水的细流有着悠远的口音
母亲高兴在这样的好天气里， 忽然看见自己的闺女
她把一个药方子当信仰， 从惊蛰喝到端午

那药方里有半夏、 桃仁和麦冬
还有孤独、 宿命和苍茫
人生在中途， 露出它的凉意和黯淡

我陪母亲在水边坐下

用我的手揉着她的晚年

向下望那河道， 台阶滑腻， 拐弯拐得有些艰险

ICU 病房

监护仪、 呼吸机、 麻醉机
心电图机、 除颤仪、 起搏器
输液泵、 微量注射器、 气管插管

所有仪器的良知都全方位打开
劝阻一场巨大的返回
它们辩论， 它们游说， 它们争夺统治
被电流赋予自由意志

死亡有一个引擎
正在人体版图上创造自己的未来
悲哀在空气中开垦着一块田地
把所有的氧都用尽后还使自己有盈余

受苦是现在进行时态， 受苦是真理
受苦有一个豪奢的目标， 有一个枯瘦的时间表
它以自我为中心
一条道走到黑， 不拐弯不回头
天空降低一寸， 地平线后退半米

除去各科 ICU， 建议设立爱情专科 ICU

作为致命疾病的一个变种

来自内部的暴政

终使爱在恨上签了名

夜幕降临 ICU

地狱屋顶上开着花

天堂的探照灯斜斜地映过来

窗外， 大街上的人们不知置身何处

仍在讨论着未来

与母亲同行山中

依靠心脏起搏器的动力
母亲跟随我进了山
胸膛里似乎有咔哒咔哒的声响
六十九岁， 她靠一台进口机器获得了强大的内心

雨后的山岚， 随地势赋形
谷地怀抱满满的槐花， 使空气香甜
坡路上， 认出忍冬， 只需望一眼， 感冒即愈
穿越沟涧时， 遇到一只松鼠
一口气跳跃三棵柏树

母亲找到山韭和苦荬菜， 像找到童年
她谈起十年前那场车祸
和我那死去的父亲
我佯装轻松， 不让她看出我每天还在与父亲交谈

看， 那亿万年的山崖， 背着十字架
面对它们， 谁都太年轻
父亲去矣罢了， 跟亿万年山崖相比
六十岁跟一百岁没什么区别

我用与天等高的理论从哀伤里杀出一条血路， 让母亲释然

山腰的酒旗飘在风的括号里， 我提议到那里吃晚饭
松菇炖土鸡
那是我的最爱

我们正从时间里一点一点地后退和隐去
当我们从时间里完全消失之后
这一座座青山还在
星星依然在上空运转
就像我们从没来过， 就像我们从没来过

陪母亲重游西湖

这一次， 是我和母亲乘电瓶车
快速翻页， 浏览西湖
一目十行， 过目不忘

上一次， 是十五年前， 微雨的深秋
以脚步丈量西湖的周长和半径
那时父亲还在， 指点江山

那次我犯偏头疼
躺倒在白堤的草坪， 望向天空
父母围在身旁， 我的疼痛里有故乡

那次游西湖之后， 父亲又活了三年
此后母亲独居， 我成半个孤儿

电瓶车正开过北山路
我忽然指向孤山的斜对面：
看哪， 那是我们三人住过的新新饭店
当时预订它， 只因胡适先生住过

那年在湖畔买的丝绸， 还绕在我的颈上
那年的杭白菊， 已无法在世间找寻

致少年同窗

帝王之冢压着一座故都， 既春秋又战国
两千五百年后， 胶济线上的一个小站
淄河水里有韶乐之腔
坐在教室里， 疑心脚下埋着青铜剑

墙外的麦苗在返青， 墙内的青衿在发育
身体成为身体的叛徒， 烦恼过于昂贵
女孩儿清脆， 男孩儿沙哑
看在老天的分上， 谁也不跟谁说话

黑板上种土豆， 作文本里栽花， 试卷中埋雷
影响人生观的公式定理将是
代数的合并同类项， 几何的两点之间线段最短
前者用来交友， 后者用于恋爱

屋前圆柏， 屋后青杨， 屋顶上澎湖湾绕梁
水塔扛着落日， 瓦檐刺破晨曦
翻过东北角茅厕的砖墙， 望见河滩和自由
一声长鸣， 蒸汽机火车带来地平线、 白日梦和远方

豆荚里有一个理想国， 细草叶上有太阳
决心书装上了电池， 小剂量的沮丧尤能唤醒欢乐
未来有始无终， 将柏油路一直修建到脚后跟
一个盛大夏天把轻别离的少年送往何方

三十年过去， 河东没有变成河西
如若聚首， 从豆蔻模样推导不惑面容
谈谈春花秋月吧， 何必在意功名的偏旁与部首
车票单程， 命运没有带伞，唯愿天佑平安

还是那个小小姑娘

那扇喜悦之门作为分界线， 其实是隐形和虚拟的
无论你在门的这边， 还是门的那边
你都还是那个小小姑娘
你总是那么明亮

你坐过的童车， 穿小的衣裳， 旧了的布娃娃
你的水壶和书包
那个讲到一半的锡兵的故事
都还搁在原处呢
它们不会被挪动或者消失
你随时回来， 一眼就能看到它们

北风兴起， 南风吹来
你盘起来的长发又浓又密， 充满了力量
你长裙曳地， 走过山岗
其实你还是那个小小姑娘
你总是那么明亮， 像住在琴里一样

临行前， 送你雅歌， 送你云朵
还要送你避雷针
至于那个没有讲完的锡兵的故事
你自己将会接着往下讲， 对着另一个小小姑娘

玉门关

风猛吹， 把天地吹没了分界线
把太阳吹得颜面尽失

风使劲拽着纱巾， 煽动衣裳， 推得人东倒西歪
行走时像骑在一匹烈马上

没有扶手可供抓住
只有托付地心引力， 别让自己被刮走
命运的沙砾跳起来， 打到脸上， 硬硬的疼

既然春风不度玉门关
那么荒凉便是英雄本色

我像眼前这戈壁滩一样， 心中一片茫茫
绝了任何念头， 不抱任何空想
只留下一座黄泥巴的小方盘城遗址

还有不远处那条瘦弱的疏勒河， 若无若有
从古地图里流出来
闪着温润的泪光

82

蚱蜢在紫菀花心里

一只微小的淡绿色的蚱蜢

在一朵初开的紫菀花心里

流亡并潜伏

犹如精密仪器

探索着卷缩起来的四维或多维空间

一朵花的银河系

跌宕着展开

我在山坡上溜达了一个小时

又绕回原地

看见这只蚱蜢依然

驻守那个花心

它已离开平流层的花瓣

到达柱头的太空站

依靠在微风中摇晃产生的离心力

在那里吃喝、 睡眠、 散步、 跳华尔兹

想寻找另一只异性蚱蜢

来谈情说爱

此念头一经产生

这朵紫菀就颤抖起来， 雄蕊开始向雌蕊授粉

花冠直径蓦地张大了一点点

当蚱蜢决定沿着花柱

向更深更远处进发

必须逃避紧挨花托的子房里

那枚相当于黑洞的胚珠

产生出的巨大引力

它在胚珠附近待一秒钟

这朵花的其他部位就过了七分钟

我则在山中过了一小时

而山外已经度过了整整半天

就这样， 空间在一朵花里

扩张并发生弯曲

时间在一朵花里

压缩或者膨胀

爱在一朵花里

产生爆裂的能量

这只幼小蚱蜢

被锁进一朵花

在那里探索天文学

我背负着遗忘

一直在山中， 深居简出

再也找不到

比山中更好的套盒了

再也找不到

比一朵紫菀更完美的宇宙了

野棉花

她们是野棉花

因为野， 所以无法采来做棉袄

不能纺织

因为野， 所以白里透红

因为野， 所以进不了田垄

而生在沟涧， 长在峭崖

每个棉朵都是圆形房屋

锁闭的力气全部用来绽放

一个念头睡在里面

她们要开花

开花只是为了好看

好看为了什么呢， 谨向那创造了她们的

表达赞美和感恩

因为野， 可以肆无忌惮地大笑

甜美不是牢狱， 而是自由

因为野而原谅了一阵冷雨

因为野而不惧怕秋声

因为野， 单身并快乐着

不种也不收

在大地上度过无用的一生

天空、 云朵、 阳光、 山谷、 溪水、 吹拂的风

正向所有无用的事物致敬

太湖

天空和湖泊都用面积来表达自我
面对那么大的天， 湖只有竭尽全力铺展
天低矮下来， 原谅湖的有限

冷雨和暮色交融， 共同定义人生
我把自己缩小成逗点， 躲进命运的一角

灰云穿着丝绒的跑鞋
水边芦苇枯干， 风吹着一排排不甘， 一簇簇永不
在这个严重时刻， 世界收拾残局
列着清单

蚕在太湖南岸的丝绸博物馆吐丝
我在潞村吃艾团喝青豆茶

十一月只剩下了四天
我把十一月的尾巴带到了湖州
身患甲减， 随时会睡着， 梦见自己并没有来

两个省张开双臂把一个湖合抱
一个湖被两个省宠爱
此刻坐在它的南端

才到达一天半， 就开始想家

家要向北， 再向北， 湖对面遥遥对着的
只是无锡
一个人出远门， 空着手
已经去过未来， 如何还能生活于现在

船票

我有一张船票：

永兴岛—文昌清澜港

开船时间： 2016 年 12 月 9 日 17：00

舱位： 5136 – 3

条形码编号： 45202920

没有什么想说的了， 除了这张船票

一只鲣鸟从头顶掠过

我拎着行李箱， 一级一级走上舷梯

它长长的， 走了这么久

才登上这艘 1.2 万吨的大船

幻想有人在岸上目送我

挥动着棕色的手臂

口音里有海风

当轮船开走的时候， 码头会不高兴

附近的灯塔会更加孤零

当轮船开走的时候

落日正坠入海中， 它湿淋淋的， 天就要黑了

整个夜晚我都在大海上

水手怀着对陆地的乡愁而紧握绿色舵盘

没有见到船长， 但觉得他一定很帅

我跑到甲板上

人如此渺小， 站在苍茫之中

辨认海与天的分界线

看波涛一路追随客轮

纵身一跃的念头突兀冒出并被打消

愿来自更高处的目光望见我

愿一颗星星照着我， 并原谅我的孤单

我晕船， 行李箱里一枝白珊瑚作为知情者

一直保持清醒

两粒舒乐安定祝我一路平安

我睡着了， 梦见了海伦

我有一张船票

我想立即把这首诗写在它的背面

用海浪作蓝墨水

瓢泉

幼安先生， 你老家来人了， 从趵突泉边
奔波两千里
带来了四风闸村那棵八百年老槐树的消息

你出生并长大的村庄， 如今紧邻机场
那里的冬小麦已出苗
你当然没听说过飞机， 比的卢马可快多了

你在异乡卜居， 此处也有一汪泉， 瓢泉
在小山下， 在竹林旁， 跟故乡泉水一样清冽
倒映星星和月亮
泉石上你放碗的小坑， 那么寂静

茅檐低小， 溪上青青草
丰年的水稻收割了， 蛙声已歇
柚子挂满枝头， 无人采摘
低眉顺眼的小狗站在屋山头， 张望来路

先生， 来看你的人
你的济南同乡， 也是一个诗人
她的头巾在风中飘， 朝着相反的方向

90

邮箱

我们相隔多远？ 从网易到新浪那么远
邮件在光纤里穿梭
偶尔携带以回形针固定的包裹
字母上浮， 汉字在邮箱底部沉没

我写给你的信， 你写给我的信
有时同时跑过孤独的山东半岛
半路相遇， 佯装不识
继续朝对方营地奔去

我们在邮箱里绝交过 19 次
运载过胡萝卜、 小红辣椒和蜂蜜
偶尔产生这样的念头：
一起在邮箱里过夜

个别时候， 鼠标咔哒一声
信会弹跳， 改道去流浪、 走亲戚
迷途知返或者走失
我曾经丢失过一车干草

大雪封门， 树林沉寂

一种不可知的力量使邮箱连接了穹苍

一封你写的邮件穿过茫茫风雪

支撑起我的夜空， 把星星旋拧在幕布上

白桦林

风在白桦林上方加速， 往北面去了
天蓝到让人歉疚
大朵白云低低的， 仿佛可以骑上去

白桦林踩着残雪， 挺立着， 多么悠扬
春天正从那些光秃的枝梢上来临

白桦树干上有眼睛， 目光热切
身上的刺青， 让它们更美

白桦林吸收了北方的寒意， 转化成戒律
来滋养身心
以铅笔素描的功力
让自己清雅、 俏拔、 明亮

腐殖土温厚， 内含时间、 草芽和待发的蘑菇
达子香开得零零星星
黑焦的矮树墩， 记得多年前那场大火

白桦林中的小路， 兴致勃勃地延伸

不知通往何方
它看上去有话要说

在这条小路上走， 仿佛走向天边
最后的路途在鞋子里面， 在行者的体内
是不是所有故事
都会有一个忧伤的结尾？

七星台

这群山之上的高爽台地
这秋末冬初的萧瑟和寥廓

绚烂转为淡写轻描
树枝松开了彼此相挽的手臂
风从透明的枝丫间吹过

一棵老柿树上叶子全无， 仅剩几只磨盘柿
红灯高悬
忘了采摘的几粒山楂
悬挂在树上
直接梦见了果酱

一只南瓜遗留下来， 秧子对它失去了控制
它开始在空旷里
称王

向日葵也仅剩一棵， 个子高高， 耷拉脑袋
面对大地的撤退， 悲伤有何用

那些尚留恋枝头的叶子
浅黄或绯红， 业已疲倦， 用身上未尽的部分
爱着一个又一个山谷

即使这样的惨淡光景， 也有独自的美
也值得去爱
记在心中

道旁田间添一座新坟
纸花鲜艳， 有不怕死的决心
今秋是里面那人所看到的
最后一个秋天， 并跟随其渐行渐远

山路上走着两个人
一个类似眼前光景， 身上有秋末冬初
另一个身上的秋天已来临
如果还有正在变化的
抽芽萌长的部分
准备节省下来， 用以热爱星空

太阳渐渐西斜
星星们已准备就绪， 专等夜幕拉开
闪亮登场

东兴顺旅馆

一幢建筑怎么可以盛得下
那么多昏暗和悲伤

它还站在原来的地方
它记得 1930 年代的繁华
和那个女子

它还站在原来的位置
那被改装成银行和商场的部分
它以为是幻觉

带铁艺阳台的二楼， 朝时间敞开着
木地板原谅了所有鞋子和脚
那位时代和青春的人质
在巴洛克屋檐下， 天空是低的

在无处告别之前， 一场洪水成就了一场爱情
从阳台逃出去
诺亚方舟在等她

她一直在逃跑
她一直期待爱情把她

救出孤独， 救出饥饿， 救出流浪， 救出战乱
救出滔滔大水
救出硬下心肠的母性
救出沦陷的乡愁

甚至救出
另一场爱情

但爱情没能把她
从性别里救出

她与方块汉字一起
使劲把自己从性别的胶囊里
往外拉拽
三十岁用尽全部气力
她将死， 死于对温暖和自由的渴望

临终， 她一定想起了这幢旅馆
它一直折叠在她的身体里
而它的阳台， 被当成
命运弹出的应急滑梯

那时， 北国变南国， 罗密欧依然等在窗台下

却没能再次将她救出
关于世界末日的预言
梗塞在她的肺部和气管之中

抵达

清晨六点
海和风都醒来了

飞机把我扔在一个西太平洋的小岛上
头也不回地走了
我的大陆已经远去

踩在陌生的经线和纬线上
天空是拱形的， 有蓝琉璃穹顶
蓝得坚定， 蓝得不妥协

免税店还没营业， 折扣还陷落在标价牌上
咖啡屋等着被煮沸

太阳缀着流苏， 把一切纳入它的烤箱
把石头烤得心肠变软
九重葛呼吸急促

这说查莫洛语的小岛多么陌生
这在大洋深处漂无所依的小岛多么孤零

我到这里来做什么呢
我一个人悄悄地来做什么呢
或许只是想表达一下流浪的自由

在甲板上

大海用脊背驮着船， 整夜奔跑
在宽阔处加速， 在岔路口步子放缓

没有月光没有星光， 唯雨点把海天区分
命运的漆黑时刻， 甲板上， 单独一人

把身家性命托付给
一个钢铁的庞然大物
让船长紧握舵轮
捂上他的耳朵， 别让他听到塞壬的歌声

我在这艘船上还没有遇到爱情
所以它不能像泰坦尼克
撞上冰山

万一从望远镜里看到海盗船
升起骷髅旗
那可怎么办， 不能输得不明不白

行李箱在客舱， 人在甲板

一艘巨轮昂首行驶在公海
那么大的风， 吹透了衣衫， 手扶栏杆
连灵魂都东倒西歪

晕眩袭来， 有目光正从高处望着我
在这茫茫夜晚的茫茫海天之间

火车一路向北

一列绿皮火车运载

一个人的后半生

一列绿皮火车

抛下半岛家乡的暮春， 一路向北

往上个冬天之末撤退

火车一路向北

朝鸡冠顶， 一点一点地移动

它移动的速度

正是我对往事忘却的速度

驶过松花江畔

丁香在暮色里恍惚

一只大列巴、 两根红肠、 一瓶格瓦斯

安慰我的胃， 也安慰我的心

带着向北的信仰， 车轮铿锵

窗外抽着石油的磕头虫， 提示

正经过大庆

沼泽里的野鸭把自己当巡逻艇

落日红艳磅礴， 那么爱国

过了齐齐哈尔， 天完全黑下来

火车像把匕首， 刺透夜晚

104

趁我打盹的时候

小部分夜色在途中从汉语译成了俄语

剧烈的摇晃使我醒来

已到加格达奇，　正值子夜

鄂伦春人都睡了

樟子松支撑着星星

凌晨三点，　还未到塔河，　高纬度的天

已经大亮

火车继续向北

轰轰隆隆，　声音坚定、　稳重

使冻土层裂开缝隙

火车正穿过大兴安岭林区

呆萌的小火车站，　摇着绿旗

一闪而过

山影踉跄，　跟着奔跑

白桦林跟着一路连绵

光秃的树枝之间，　空气静寂

这树木中的清教徒

整整一冬的睡眠多么美

达子香在冰雪之上

露出浅浅的笑意

冰块以正在溃败的意志

仍爱着河面

已是五月，　春天竟来得

这样艰难

草甸中的水泡子，　与天空比蓝

打了个平手

我把这蓝称作： 天堂蓝

这蓝从低处、 从高处、 从高高低低处

围绕松林的绿

火车加速了， 吹着笛子， 临风一身轻

扭水蛇腰拐个大弯

车尾与车头终得相见

接下来又减速

一只背部有斑纹的小型松鼠

钻进了道旁的树洞

火车继续前行， 速度若有所思

仰头望向窗外， 天空悠远， 大地深情

半生恍惚而过矣

忽然， 咣——当——

车身快乐地颠了一下

清晨的阳光

鲜艳欲滴

终于泼洒了一身

哦， 现在火车

已经抵达

终点站： 漠河

卷三 （2018—2021）

长天

我的窗前， 不是一个画框

而是一整个的长天

无论灰蒙还是晴朗

都朝横向扩展， 也朝纵向延伸

太阳教导一棵泡桐， 让它在春天穿上灯芯绒

这些全都衬着蔚蓝， 像浮世绘

没错， 我在屋里便拥有了长天

为了看到星星作乱， 我同样也喜欢夜晚

群山

远远望去， 群山背着各自的背包
陷入沉思
白云在上方
忍受着天空的蔚蓝

群山的轮廓平缓而简淡
仿佛已与天空断交
群山是连绵的呐喊
排列成了声波辐射之状

群山想从整体上
缓缓地将自己抬升
阳光是最伟大的计划
天地的寂静里， 有时间的声音

是的， 什么也阻拦不了群山
由近及远地发绿， 发蓝， 发灰
有时在大风中， 群山似乎在奔跑
背着各自的背包

徒步

沿盘山公路， 从黄巢水库一直走到榆科村
又继续走到了龙王崖
在瀑布旁， 吃了馒头和榨菜
接着奔向清水圈

地球对双脚的祝福， 是走完这个秋天
众天使合唱
藏身于正午的明亮

山峦和谷地进入中年
雏菊发出变得微弱的脉冲信号

重量是岩石自身的训诫
风在耳边重复曾经说过的话

天空给远方送去一封信， 快递员是一朵云
山野之人有昂头挺胸的自由
只要大地肯容下我
我就会带着独自徒步的力量往下活

110

天空的记忆

这片天空的记忆里有一架飞机
飞机奔向天空的眼底
这片天空的记忆里还有一个诗人
天外来客撞向地球

这片天空有时湛蓝有时灰白
靠疼痛来安抚疼痛
风吹着它的门口
不知风是在哪一个方向吹

许多年来， 每当有飞机掠过
这片天空， 还有天空下那山巅的前额
最关心的是
上面是否坐着诗人

诗人都倚着舷窗， 都没有行李
拿词语换取了机票
与星辰有默契
在天空之路， 以云彩作里程碑

火山口

环形坑的上方， 一朵白云
正对着锥形漏斗的圆心

直通地壳的脉管， 在沉默中想着爆发
熔岩堆积成宽厚的边缘
我绕行一圈

青草长满了斜坡
小花在风中绽放， 我是那样地软弱
但并不拒绝让命运每时每刻
都处在火山口上

今夜我就在这黑色砾石堆上安营
满怀对天地的庄敬
脸庞映着满天繁星
心脏岩浆奔腾

巨大的炼丹炉， 有没有力气醒来
亿万年其实就是现在
充满敌意的圆心

112

一场爆发覆盖另一场爆发
一场疼痛压过另一场疼痛
绝望是好的， 荒凉直通迢遥的内心
大风呼呼吹过头顶

我说过了， 我并不拒绝让命运每时每刻
都处在火山口上

到崮上去

在圆形山坡的巅顶， 耸立着一个崮
它的周围绝壁直削， 最上面则平顶如巨大方桌
远看， 崮仿佛儒生的头颅， 长在稳重的北方体型上
除了天空， 谁也无法把它拧断

崮高出人世， 一直在跟天空说话
崮一直在跟时间和虚无说话
崮接收答案， 但从不转发

听说， 崮顶曾有古庙， 现只剩刻了字的石墙根
在那里建庙， 当然为了离神灵更近
去过崮上的人， 无论信奉什么
都仰望同一片天空， 听从云的教导

上面有一大片草甸， 散落野草花：
多花筋骨草、 矮紫苞鸢尾、 大丁草、 委陵菜、 毛茛
绣线菊、 车轴草、 金银木、 铁线莲、 斑种草、 白头翁
跟天上繁星打招呼： 嗨， 咱们都是星星点灯

崮上有一个养蜂场， 震动着空气

114

在这个苦难的世上， 还有携带着蜜飞来飞去的生灵
在遥远的崮上， 更酿出清虚的味道

到崮上去， 窄小歪扭的古道
正引我插入石灰岩峭壁
斜斜地上升， 我努力， 崮也努力， 天空也努力
一直上升， 到崮上去， 到那与天空平行的崮上去

走在山间公路上

走在山间公路上
山崖在左，　溪水在右
转过两座山，　山崖到了右边，　溪水来到左边

偶有汽车驶过
胸中也有一条江河

一个人占有一条公路
一个人从清晨走到傍晚

孤零的红柿子高悬，　衬着蓝天
缀满果子的山楂树枝越过了护栏
雏菊蔓延，　环绕着脚踝

草树从危岩之间长出
山峦献出一条叫作瀑布的哈达

一座水库顶着一大朵白云
它用泄洪闸克制着激情

路过一座村庄，　寂静里有一丝哀伤
碧水中的鹅鸭最先看见了我
老石磨在村口，　用自言自语对付漫长时光

一个人不知往哪里去地走了一程又一程
一个人用双脚走完这个秋天

风吹送着我走在山间公路上
阳光照耀着我走在山间公路上

就这样越走越轻快
边走边卸掉心中积压多年的石块
这是一条不在意人世的道路
偶尔停下来，　只是为了等等我自己

泉溪

暑热正退去， 赤脚踩入溪水， 提着鞋
脚丫最先感知到了秋天

被石块硌疼的脚心， 有一种快感
沿溪涧上行， 一直走， 追寻溪水的源头

从水到水， 水不断地向我表白
这条小溪也赤着脚， 堤岸是扔在左右两边的鞋子

想起幼时， 有鞋不肯穿， 偏要光脚板去上学
野孩子也有春天

一朵云飘过时， 太阳眯起了眼
头顶上， 山崖举着黄花

山势陡转， 沟涧出现急拐弯和深潭
以跳跃着磨破腿肚的代价， 躲过了凶险

跋涉半个时辰， 真的到达了本源
一只上升泉在奔突， 状如盛开的牡丹， 打着呼噜

118

这泉从何时开始喷， 又将涌到何时
清凉无边的深渊里有鸿蒙混沌

泉池紧挨的崖壁是石灰岩和页岩
漆树和麻栎茂长在上面， 听取泉水的意见

我想把这涧谷选取一截， 放进衣兜带走
就当是从谢灵运诗里撕下了一页

晚归

在末班公交车

临窗而坐， 靠过道的座位上

端坐一只南瓜

与我肩并肩

从山中往城里返

瓜蒂被拧断的那刻

它还在乡村屋顶做白日梦

与阳光交换意见

跟西风打了个平手

离开秧子之后， 像失散多年的亲人

它被我搂抱在怀中

这个深秋的傍晚， 山峦、 溪流、 森林、 桥梁

正在放下它们的百叶窗

在命运的暮色里， 我的心迢遥

这辆越来越空荡的公交车

正快速行驶

顺着盘山路下坡

仿佛从云端降落

120

我在胸中轻轻按压着制动器

身旁的南瓜， 一声不吭

只是坚定地

陪伴着我

柿子树

悬在枝头的红红的柿子说：
让我下来， 我累了

那些在树下摆姿势拍照的人
想通过一棵柿子树来证明他们是幸福的

倘若一直无人采摘， 树枝就打算
请求西北风支援， 亲自把柿子吹下来
至少， 也要派出一场白雪
把柿子来覆盖

永远高高地挂着， 是绝望的
总是以明艳来衬着荒寒， 是疲倦的
柿子想滚落到命运的地板上去
柿子不想靠美貌在枝头不朽

悬在枝头的柿子说：
请让我下来吧， 我累了， 真的累了

秋天的栗树林

走在不知名的山谷， 不知名的溪水流过身旁
大地正露出倦怠的面容
抬头望向山冈， 望见秋天的栗树林

天空是巨大的平静， 悬在栗树林上方
阳光安详， 含有细细的砂糖

栗树林在山冈之上
挺立之姿已无法超越自己的斑斓
那整编待命的悲怆

风吹过栗树林的头顶
一只黑翅鸢趁机急速滑翔
当吹到尽头， 变成一声徒劳的叹惋
风里有离别， 有遥远， 有永逝和遗忘

壑谷里弥漫着撤退的气息
这世上一切都不属于我
除了四通八达的天空， 没有谁会写信来
爱过的人在病中， 彼此不见已有三年
抬头望去， 云散淡， 心空旷， 栗树林在山冈

野菊来函

诗人你好， 我已在村路和山崖开放
一朵朵， 一簇簇
毫无疑问， 我姓陶

我的清香已渗进秋天的动脉和静脉
石头和石头受香气牵连
结为了兄弟

我已有了一件风的罩衫
还缺一件薄雪的外套
在秋天和冬天的门槛上， 我才开得最好
倘若你肯为我写首诗， 我就什么都不缺了

你何时到南山来
我想请你指挥一个漫山遍野的乐队
在这里写诗， 写坏了也值

是的， 我已得到天空的允许
成为一丛野菊， 不进入任何园圃

佳期如许， 恭候诗人到来
南山野菊敬上

初熟的果子

你弯腰在田畦，　去摘那初熟的果子
它像一个预言，　旗帜鲜明地
悬挂在矮矮的爬藤架

你弯腰去摘那只初熟的果子
作为园丁，　你翘而鼓的臀部
与大地押韵

拨开叶丛，　果子望见了天空
在扭断瓜蒂的那一刹那
果子与秧禾彼此遗忘

即使明天是世界末日
今天我们也要分食这只果子

这只初熟的果子戴着王冠
瓤肉的味道清虚

土壤里的悲苦
诚心诚意地相信救赎

这只初熟的果子在过去和未来之间
把所有时间归为同一个时间

迟早会明白， 这是收获前的一次彩排
大地之下有多少已睡之人， 可曾梦见过
这只初熟的果子

慈悲

四无人影， 奶牛在吃草， 自己放牧自己
为了产奶， 必须克制、 自律
动作充满仪式感

看见它们， 就看见了 "慈悲"
一个哺育世界的物种
扮演全人类的母亲
连混蛋也被允许喝它们的奶

辨不清白底黑花还是黑底白花
个别的则是黄白花
似漫山英蕊印染上身

偶尔扬起头来
环顾一下大好河山
搬运高大形体， 攀爬崖坡
欢迎两只棕背伯劳来做访客

长长的溪水流过身旁
那硕大肿胀的乳房下垂着， 如此悲伤

露天午宴

阳光像一层色拉油涂抹在谷底
风卷着碾碎云母的胡椒， 掺入树影倒映的泉河之汤
井边有野薄荷， 石缝有地肤， 正是素菜色拉
石寨把水果派托举在浅碟

是人在碰杯， 还是天地在碰杯
像阿拉伯数字一连串响叮当
大槐树撑起一把唐朝遮阳伞
南瓜醉卧屋顶， 在淡淡秋光中沉沦

吃自带的网购番石榴， 白心的， 红心的
煮鸡蛋用来占卜， 得到预言后被敲碎
谈论着老屋青砖上的雕花
以及栽种于宅门上方的一畦菠菜

抬头瞥一眼云彩， 犹如枝形吊灯
望向山脊， 有一截春秋战国的颓墙
在这个小火车经过的山谷
我们围坐在这张九月的餐桌旁

捡拾红薯

一个胶东人， 一个济南南部山区人
一起捡拾红薯
在一块已经完成收获的田里， 寻找残留
她们想捡拾的其实是往昔

把中年这个编织口袋背在肩上
弯腰去探访童年
秋天是一个祭坛
跪着献上悲壮的捷报

干树枝在手， 做探雷之姿
把农田的衣兜翻过来， 翻过来
一根线头一丝纤维也不放过
在阳光和风里， 什么秘密也藏不住

翻过来， 看清土壤腹腔的内部和反面
穿过蚯蚓布置的营帐
或许有脏器， 有界碑， 有时间的定时炸弹
有缄默， 有征途， 有生死循环， 有沉闷的睡眠

土壤松软， 像巧克力布朗尼
偶然的紫红色块根， 像宿命一样躺在脚下
仿佛在世界的尽头
找到了珠宝

用树枝敲着田埂大门， 这扇门正变得松垮
密码和暗号已经对接：
　"阿里， 阿里巴巴，
　芝麻开门， 芝麻开门"

晚秋

这晚秋的萧索和淡漠
犹如世态炎凉

河底石头，　露出了真相
山林静寂，　仅剩溪水的潺潺和落叶的簌簌
一只灰喜鹊的扑棱吓我一跳

偶见一个荷锄老汉独行，　身后的小狗
眼神落寞

所有搂抱都松开了
大地的遗言，　挂在老柿树上
垄上一排晚栽的高粱
在冷风里放弃了抽穗的打算

秋天的末了，　辉煌的尽头
洗劫一空的后院
绝交式的凋零多么宽广

背影越来越远，　漂泊已经启程

西北风有必胜的意志

仅剩下几棵白杨， 奉献纯金
为整个山野提色， 为一个王朝壮行

这晚秋犹如世态炎凉
在山间行走， 只要别停， 别停下来
悲伤就无法把我压倒

降温

气温自有逻辑， 跟谁也不争辩
水银的工作严肃而纯粹
智慧被困在玻璃柱里
大地正在写一部寒冷理性批判

跟爱过的人说永别， 让对方成为传说
我忍受不了温吞的不忠， 我要酷寒
索性跑到温度计之外
与朔风和冰凌为伴

让云朵冻住， 传递不了信息
让冷成为一根刺儿， 永存皮肤下面
空气僵硬， 连忘却的气息也散发不了
房门砰然关上， 我是我自己的壁炉

冬天需要最少的词汇量
浪漫的闲言碎语不合时宜
我不做诗人， 我要成为哲学家
请求严寒把人生重新雕造， 要有型有款

灰松鼠

灰松鼠， 灰松鼠
越蹦越远， 溜到最高处的梢尖上去了
一辈子寻寻觅觅
光秃树枝上有什么可吃的呢

灰松鼠， 灰松鼠
在我家的后山上， 在野径相遇
你像休止符标识在了树枝的乐谱
山沟里的穿堂风还是冷的

灰松鼠， 灰松鼠
你吃东西的声音， 听上去像在赶路
世上有什么事情值得如此认真
陷进泥泞的春天大门， 正缓缓打开

灰松鼠， 灰松鼠
你的灰大氅和白内衣， 比我的外套漂亮
我也有一堆时光的坚果
它们正变得越来越少， 怎么办

134

迎春花

迎春花开在雪中， 让大地不安
她对冬天突然插话， 告诉对方来日无多
天地之间， 有一种亮闪闪的悲伤
正是我想说却说不出来的

迎春花的发型柔弱而纷乱
红萼黄瓣的素馨， 簪、 钗、 钿散落其中
她才不怕天昏地暗
地平线有雪崩， 花丛中有旋风

天空中的辅音正让位于元音
迎春花是地面词典的索引
我的立场， 既不在冬天也不在春天
只是蹲在门槛上独自黯然

三月的杨树林

一眼望去， 这片山脚下的杨树林尚未变绿
枝干肌肤下面似有情绪涌动
光秃的树尖戳着天空
高处似乎已有嫩叶萌发

林间空地上， 有不少杨穗子掉落
变得松软的土层内部酝酿一场爆破
隔年枯叶间， 紫金草一簇一簇地开放了
拉开距离看去， 林地披上碎花丝巾

林间光线较暗， 历历的树干白中泛青
太阳不够壮丽， 连续三天半晴半阴
气温忽高又忽低， 温差达摄氏十度以上
为了掘出一个金矿， 春天的手法略显残忍

仰起脸来， 望向杨树林上空
树缝中云层惊诧
独自在世上活， 熬过冬天
即使春天全面上线， 我也已经学会忍住欢呼

相约

我们相约在那僻远山中

翻过一道又一道野岭

去找寻一座隐匿的石头古村

杏花用香气评估着早春

元胡生长于岩石缝，　蓝色小花怀了歉意

对于草兔，　峭壁也是道路

斑鸠在人尚未靠近时已胆小得飞起四散

背着行囊进山，　装着食物、　水和几本书

风吹日晒成为快乐归属

童年的小友啊，　因攒卖牙膏皮而结盟

一个可卖三分，　用来换成冰棍

多少年过去了，　生活对我们不停地说　"不"

日子被填写进一张张表格

而你我彼此相念，　还站在原处

如今约着进山，　就仿佛许多年前

那个阳光灿烂的正午，　一起站在操场旁边

早春的蝴蝶

三月中下旬， 寒风吹过泰山西北余脉

一只丝带凤蝶

飞过土路， 飞进枯干草丛

整个山坡， 仅见到这么一只昆虫

我轻手轻脚地跟踪

一小片白色丝绸

它上面印了少量红与黑的斑点

一周前气温高达 20℃， 而今降至 3—11℃

被高温假象蒙骗而提前羽化， 这只蝴蝶

没有任何同伴

它只身飞在寒凉里

它轻缓地飞在春天门槛上

它在梁祝般的今生

再也回不到毛毛虫的前世

桃花

桃花在山坡， 在水边， 在茫然的风中
把一朵一朵的脸仰起来
看见天那么蓝

一首浪迹天涯的诗里
一定会有桃花
剑气从桃花的额前升起
鬓角凌乱

一只提篮正被奉献于神的脚下
清明之前尚有轻寒
满坡的桃花更像大地的内伤
透过黄土传递谶言

死者的脸在花丛中一闪
这个下午是一生中所有的下午

春天用宽衣大袖
把桃花收敛

麦苗田里的朝阳

一轮太阳把东边那片麦苗田
当成了跑道

茫茫的绿映衬着寥寥的红
无垠平面托着呆呆圆形

一条小路通向麦苗田
一条小路通向朝阳

黑暗使出最后一点儿的气力
让风犁过原野

向着麦苗田和朝阳走去的人
悲伤压在肩上

日出被固定在云彩和麦苗之间
那人夹进了悲伤的层岩

太阳有巨大力气上升
那人正从悲伤里抬起头来

白云谣

我与风撞个满怀， 却似与白云两不相干
我将愿望安放在了山谷
却不知如何走出

作为蓝天的白日梦
白云悬挂着， 在打盹
白云在风中耸耸肩

厚厚的白云一朵， 有没有内脏
从形状来看， 怎样分辨脑袋和四肢
厚厚的白云一朵， 哪里是围墙， 哪里是门窗
屋宇的亮光来自悲伤
白云遮掩的， 究竟是一张脸庞还是一个尖顶
漂泊在从大山到大海的中途
目的地是天堂

白云在白云之上， 白云在白云之下
这是普遍性的白云
具有白云的道德

用白云去爱
白云涌上心头
白云洋溢，　白云满腔

抬头望，　跟着白云走
从这一朵走向那一朵
白云在我的脸上投映着安慰
一场晕眩的对话发生

风在吹，　云在动
白云看上去很近
空气中有透明的阶梯供攀援
我想把随身背包挂上白云
我想住进白云的后院

别过

真好， 一切都过去了
地平线在前方， 苍穹打开了门窗

真好， 迎春花绽放， 举着黄色信号灯
允许我通过， 只是须慢行

这次是真的别过， 不会像上次或上上次
以及上上次之前的那些次数
是的， 我终回到自身， 用了二十年

时光流逝， 永不回返
我再也无需回到谎言和背叛
春天在对冰雪的否定之中， 一路向前

往事留下了拜访的地址
允我随时去敲门， 坐下来， 喝杯茶
我托晚风捎去口信：
不必了， 我已经想不起来从前

归来

我将一文不名地从全世界归来
地平线押解， 天空拖拽翅膀
太阳从头顶上滚过

我将一文不名地从全世界归来
河流目送， 山峦和岛屿跟从
胸腔回应地心的马达

我在秋天的途中寄出的信
将在一个大雪纷飞的黄昏到达
有人在灯下开启它， 读懂言外之意

我一文不名， 从全世界回来了
从荒野带来石头饼干
继续在人群中暗暗地活着

种玫瑰的人

种玫瑰的人坐在江边长堤上
等待渡轮

行囊破旧， 衣衫粗劣
双腿外侧隔着粗布裤子扎出血痕
手上结着怀旧的老茧
可是， 他们种的是玫瑰

背井离乡， 把玫瑰种在异乡， 种在一条江水中央
一个小岛上
种在祖国的后院

笑声朗朗， 面朝黄土背朝天地种玫瑰
日出而作日落而息地种玫瑰
在田埂上写十四行

与世隔绝， 只跟玫瑰待在一起
挽起袖子， 向泥土里的带刺灌木讨生活
而生活的意义， 广大的玫瑰田， 一个露天剧院

耕耘玫瑰田与耕耘玉米田
究竟有什么不同

玫瑰满园， 是花朵的纯粹和形而上
种玫瑰的人， 男人是亚当， 女人是夏娃
既不大于玫瑰也不小于玫瑰
他们与玫瑰相等

成千上万的玫瑰从小岛向外扩散
乘轮船、 火车和飞机
赶赴象征或隐喻的约会
所有终将逝去的美好都值得用玫瑰去纪念

玫瑰靠什么也不做来征服世界
而他们是种玫瑰的人

跟随种玫瑰的人一起乘上渡轮
一条大江在玫瑰内心低语
为什么你总是不快乐？ 因为你没有栽种玫瑰

两个女子来到塞外

两个女子来到塞外
头上顶着云朵的香炉
两个女子来到塞外
中年的双肩包中了蛊

登长城， 越草原， 走天路
淋雨穿过松林
找寻一座六棱柱的山
几乎接近了沙漠的边缘

两个女子来到塞外
扑进了那以公里论的胸怀
心脏因地平线辽远而跳动得舒缓
油菜花儿黄， 胡麻花儿蓝， 到了七月才开

两个女子来到塞外
靠喝啤酒和吃羊蝎子建功立业
一座钟楼和一座鼓楼
也在举杯相祝

两个女子来到塞外

白桦林悠扬， 钻天杨膝盖上也长叶子

两个女子来到了塞外

天蓝得那么鲜卑， 地苍茫得如此匈奴

闹市中的诗人墓

他曾是时代的一块心病， 后来
他与朝代一起， 躺倒在一小片荷塘边
灵魂在白杨树梢上迎风招展

他活过， 爱过， 死去， 成为古人
另一个诗人来看他， 站在史书和坟墓之外

七百年， 只是一场胡思乱想
是他在里面打了一个盹

百米外， 沃尔玛开业
斜上方是高架路， 汽车驶向飞机场
天地之间， 布满轮子和翅膀
时间没准儿会突然掉链子

待月至中天， 众荷花结社
蛙鸣扯着闲篇
石马石狮裹着青苔， 替他感知故园

何谓永远？ 永远就是此时此地

就是土方之中

安息着一位诗人

铁路博物馆

十九世纪只剩下了一小段铁轨
说服档案将它记录

二十世纪是一只蒸汽机火车头
开足马力拉着疲惫的人类

一座大钟裸露内脏， 整整一百年
卡在了里面

穿长袍马褂留长辫的工程师
以测量仪为信仰
为一个民族铺路

两座城， 拼写着各自的名字
用千里铁路线
担起了一个半岛
海浪被荷载至内陆

各种型式的信号灯
举着正义

汽笛和风笛， 不同规格的喉咙

拉响自由， 开辟征途

站台把生别离搂抱在怀
走过天桥， 就进入了风雨
祝行李安好， 无论拎在谁之手

分别之前和分别之后， 都要相爱
即使登车奔向单程的异乡

这里收集并保存着
聚首， 流亡， 中途邂逅， 江湖相忘
这里陈列着败北与凯旋
从检票口走过的人， 都已乘着列车
开往了天堂

曾经的候车室盛满了回声
墙体用巨石
跟遗忘斗争

曾经的售票厅， 出售一张叫永远的车票
窗前法桐巨大， 擎着虚妄
朝蓝天伸开臂膀

除了流逝， 时间没有别的轨道
除了漂泊， 命运没有别的故壤
远方， 铺在枕木上
是火车唯一的方向

江边读书声

·

紧挨江边的小学， 传出读书声
穿透微雨， 渐渐伸展

书声琅琅， 江水浩浩汤汤
书声琅琅， 梳理着水面， 流速加快
书声琅琅， 雾气消散， 一座江中小岛清晰起来
书声琅琅， 与一艘货轮的鸣笛发生共振
吃水量由深变浅

朗读之声有扬有抑， 鱼儿跃出江面
朗读之声悠远， 经由一座跨江大桥
从中游传至下游
朗读之声辽阔， 穿梭起两岸
并将大江与天空相连

读书声里， 桂花飘香， 水杉扶疏
老樟树的扁桃体在轻颤
收割机依照音节和韵律， 热爱着大片的稻田

在异乡的初秋
读书声、 江水、 微雨和无边草木
一起原谅了我的悲伤

彩丘

天上的窗户敞开， 地上的根基震动
地球有惊心动魄的故事流传

岩石的神经剧痛， 大放光芒
红色主题， 混杂灰、 白、 绿、 橙、 黄、 黑
波纹有旋律， 颜色轰鸣， 是交响乐

除了孤独， 谁能造就这样的异彩
孤独须是旷世的， 须是亘古的
沉沦和没顶
构筑了凯旋门

岩石也会结绳记事
岩石跳原始人篝火舞
太阳在岩石上描绘热烈的抽象画

这远远的大西北的岩石
也有追求幸福的权利

永别

在你弥留之际， 我就不去探望了
你不喜欢人来人往
我不是医生， 也不是牧师
无力回天

你的葬礼， 我也不去了
作为普通人， 你有未亡人
万一你是曼德尔斯塔姆， 不止一人愿意
去扮那伟大的遗孀

而我则是那陌路， 二十年来绝少把你想起
以地图册为家
流浪在自己风雨的中途

也许我会去你的墓前
献上一束顺手采来的野菊
遮住墓碑， 就像遮住你病瘦的脸庞

记得当时年纪小
记得一封封手写信札在空中飘

绿色题头的纸笺，八分钱的长城图案邮票

每一个人都是将死之人
所有冬天只是同一个冬天
世间最终剩下的，唯有那把六朝送走的
流水与青山

海峡

以白垩纪的悬崖峭壁做了国门

白崖用脊背驮着古堡和迷宫
灯塔是港口的宣言

白崖对开来的船说： 你好
白崖对离去的船说： 永别了
白崖请求海浪： 带上我吧， 带我去异国

坐在卵石滩涂的长条凳上
天阴着， 风吹着， 我不快乐也不哀伤

一列 “欧洲之星” 正驶过海底隧道
被浒苔、 海葵和白鲨围绕
飞机船舶鱼雷之残骸， 在暗处偷窥
有人从海峡回了家， 有人从海峡再也回不了家

鱼群想把此岸和彼岸穿引
海鸥想把天与海拼缝
待夜晚来临， 在这最狭窄的咽喉

一群星星将淹死在大海

这边岛屿尽头， 对着那边大陆尽头
就这样， 天阴着， 风吹着， 我不快乐也不哀伤

济慈的躺椅

外科医生济慈， 诗人济慈

侧躺在一只长条软椅上

透过落地窗， 望着心爱的女孩

从白色砖石楼前走过

他侧躺在长条椅上

细数人生不多的午后

青春时而苍白时而潮红

短短的一生呼吸急促， 半睡半醒

在这只长条椅上

他困倦， 咳嗽， 发低烧

向壁炉要着温暖， 要着光明

给隔壁写信， 渴望着爱

在这阴冷的岛上渴望着南方

他侧躺在这只长椅上

像希腊古瓮上永远年轻的少年

听到夜莺在叫， 穿透汉普斯特德的浓荫

后院的李子树有风的思想

担心来年春天再也找不到他了

他写诗， 恋爱， 用的全是肺结核

提供的能量

他感应人世， 以肺结核
伸出来的触角
美即真， 真即美
写诗是咳血， 爱情也是咳血
他仿佛英格兰的林黛玉
没有葬花， 而是被花所葬
在断章残篇的异国他乡
最终咳出了灵魂， 把名字
写在了水上

三姐妹

三姐妹， 今夜， 我与你们相隔仅一百米
三姐妹， 我与你们抵足而眠， 枕着书

夜晚任命大风为王， 把小镇吹得摇晃
每一座房子都是呼啸山庄
这样的风， 席卷了你们的一生

某家怀旧橱窗， 展挂着百年前的裙装
当大风翻过北约克郡的山峦
进入陡街窄巷， 风用嗓音说： 希斯克利夫

而罗切斯特先生正在庄园徘徊
炉火映红了简·爱的脸

我的异域三姐妹
我与你们早就相识， 已逝的青春时代远在中国
古旧的小旅馆窗前， 我的灯亮着
你们可否越过东南角的篱墙来相会

秋已至， 夜已深， 我依然无法入睡

一小杯威士忌告诉我何为幸福

荒原上的石楠， 在阴灰的天空下

挣扎着最后的绚烂

别陇南

就此别过， 朋友， 我先行一步

车子驶上高速公路

窗外， 山峻路绝踪， 犹如命运

我望见了杜甫拖家带口走过的石径

他跟在猿猴后面争食橡子的山谷

还有那些野坡， 他以长铲刨食雪被下的山芋

他急需吃饱肚子， 活下来并且有力气

继续去爱那个让人失望的国家

759 年的冬天， 悲风从天上吹来

一直吹到了今天

诗人中的孔子， 累累若丧家之犬

命悬一线， 挣扎在大西南的野岭荒山

仰望时光在天空中奔跑

可曾预见过诗歌那照亮后世的光焰

而我今日， 别陇南， 转道长安， 飞登州蓬莱

也诵九歌、 咏四愁、 吟十八拍

靠着绝望

飞奔并腾空

朋友， 就此别过

出路是有的， 出路正在绝境之中

无论同谷更名礼县成县还是统统叫陇南

唯青山流水永不改变

谁不曾历经中年的安史之乱

谁就无法得到上天的馈赠

没有一场体内的火灾

嗓音怎会变得沉郁顿挫

考古现场

再深挖一点儿， 就触碰到大秦帝国了
一厘米等于两千年

云纹瓦当和回纹砖
在温存的黑暗里
梦见了探针、 游标卡尺和无人机

一轮磅礴的落日
将史书从中间打开

夯土旁边的野花
开放在秦始皇的黄昏

一位戴眼镜的姑娘
正俯身前往时间的夹层和背面
整理那些辉煌基业的残片

风吹过天地的长廊
西汉水在不远处， 面无表情， 缓缓流淌

峪谷

我在峪谷里行走
我会独自走上一整天

两旁崖壁森肃， 上亿年记忆
隐含着斯芬克司的脸
抬头望见天空卸下
云朵和深渊

红叶大都被吹落
几颗柿子在光秃枝头孤悬
玉米金黄， 晾晒在石坡， 几乎被阳光引爆

我向峪谷申请
一天往返， 在瀑布旁休憩
我向峪谷申请
宽恕之心和遗忘之力

宇宙还在那里， 不会被拆迁
想到群星灿烂， 想到沧海桑田
所有痛苦都释然

166

偶遇

在山中，　偶遇一眼野泉
正举着肥硕的银色酒盏
跟天空碰杯，　订立了盟约
水书写水，　像是某种怀念

野泉藏身于一个山洼的沟壑
用汩汩之声把我召唤
这里的工作，　便是写诗
一株开花的紫堇正以泉为镜

泉有一个核心，　从不离题
上升，　仰面，　设置自我堤岸
也许它是大地的一只陶罐
底部却有一个无穷或无尽

水并不流失，　全给了本身和蓝天
自己对自己发表评论
重复运动永不停歇，　用重复来更新
这也是流浪，　赤着脚

我偶遇野泉， 真是一个奇迹
一定有第三方在安排此事
独自出行， 容易在时间里碰上空间
在空间里碰到时间

小学旧址

一所小学的旧址， 朝向大海
独坐在校门口的石墩上
空洞的中年， 暖洋洋

天和海都很蓝
衣裳也是白碎花衬着蓝

海草房的校舍， 宽大帽檐遮着眼睑
课桌忍耐时光， 黑板上写满空无
铁钟挂在楮树上， 因无人敲打
在品德上感到不适

门口摆放一艘退役的木质渔船
再也无需启航， 表情茫然

倚靠在棕色礁石砌成的老墙上
小学校几乎相信了
我也是从这里走出去的孩子

这个秋天比整整一年都要漫长
无所求的日子， 阳光总是那么好

去看海豚

在遥远的海上
有海豚出没

脊背驮大海
头顶有孔， 有喷泉般的呼吸
灵魂深处的空灵之音， 不亚于塞壬

追随至船舷
在水面上拼写： 早安

船慢下来， 屏声静气

赤裸着卡通的身子， 跑出大海的房门
患梦游症， 伸懒腰， 表情迷糊
有铅笔描画的微笑

那些有了身孕的， 面容慈祥
海里的时光比陆地上缓慢

海浪被劈开时， 以为是在过红海

170

侧身瞥见天上的星辰
发现了命运的布局

无所事事地漫步
在海上大道

成群结队，在海里施洗
谈及永恒

船屏声静气

忽然列队跃出水面，在半空翻转
激情四射的弧线，飞了起来
向太阳献上祝福
流体力学是对自由表达热爱的力学

潜回海中，喃喃自语
浑身散发乳香，从来不穿衣裳
一个海没有海豚是不可能的
风改变了方向，它们能否找到故乡

坐船到遥远的海上去吧
海豚深陷在忧郁的蔚蓝里

海滩咖啡厅

落地窗的玻璃
想要融化
让大海涌进来

木地板想要延伸
与沙滩
连成一体
并布满贝壳

墙体纯粹是
木材和金属的架构
让咖啡厅自以为是一艘
随时开走的船

门前的台阶上
有海藻缠绕
球形门把手
正被一只蟹子旋拧

云在海的上方

172

堆积着一顶绒线帽子
想乘着一个大气压过来
恰好戴在我的头顶

喝着黑咖啡
呆坐在那里看海
风在海边玩扑克牌
并把一只折翼的风筝
塞进了文件夹

咖啡厅的顶棚
愿与落日一起缓缓下降
随天光滑向
西面的地平线

海边松林

整个下午， 在岩崖的松林之中
我俩卧在绳结吊床上聊天
望着下面的海

海在低处， 海在不远处
海在小岛的臂弯

一大块垛状礁石， 迎面矗立海中
与整个太平洋交手
棕色伤口塞满了贝类

黑尾鸥的叫声加大了
海面与天空之间的距离

阳光清亮
空气里有远见

仰起脸， 看见交叠在一起的
松枝绿和天空蓝
去年的松果还在高悬

174

吊床晃悠， 时光运行
体内有赞美的音乐
离开地面三尺半
人生变简单

整个下午， 我俩都在海边松林里
听海浪和沙滩在谈判
风是仲裁

临海的露台

从人群走失， 甚至不与自己相伴
我离陆地很远， 离大海很近

心悬于海面， 海面伸展在臂弯之中
太阳从左臂升起， 从右臂落下
面朝大海， 本身就是一场伟大的对白

整整一天， 在露台上看海
空着手， 什么也没有带
即使怀着轮船的征服之心
也无法与大海等观

改签车票， 改签人生终点站
推迟了班次， 推迟了整个大海

走过的路既远又偏
我深爱着我的孤单
背包里塞满无用和不确定
放着一碗泡面和一本 《奥德赛》

海风吹

1

分不清是渤海的风还是黄海的风
正在猛吹

风，或许起自两个海的分界
相对的两个大半岛，各自伸出岬角
断断续续连成一条虚线
这边颜色微黄，那边颜色深蓝

不知风的终点在哪里
它把岸边的我吹透，从头顶掠过之后
还要吹多么远，多么久
在什么样的洞穴休憩
最终成为什么形状，是一团还是一绺

2

是谁想把一口大锅掀翻，掀个底朝天
把巨水搅拌，抬至半空
露出了大海的肚脐眼

大海发出声响，　十万架钢琴在同时演奏
谁是那个指挥

谁的笔锋那么壮阔，　在蓝色纸笺上
大幅度地写着草书

海龙王的宫殿被晃动了
来回摇摆的节奏那么铿锵

这一切的操作者
都是风吗，　那么，　又是谁在驱动着风
发出了那个绝对命令

3

站在一块礁石上
风把衣裳吹成了帆
把头发吹成火炬
吹得我仿佛生出了超现实的翅膀

浪头一次又一次袭来
在岩石上绽放，　粉碎，　飞溅
隆起来一大堆白色
这是白发，　大海何来悲伤
这是白雪，　紧接着礁石上发生雪崩

白色散去，　还原，　又成为琉璃之状

等待着下一次堆积碰撞
在风中闪耀

不远处的防波堤
作为横平竖直的阻碍与拦截
将涌来的浪头直接激发， 冲向天际
成为喷射的烟花

4

较浅的水域， 海面已被翻卷得浑浊
而水深之处， 在艳阳照耀之下
仍然是蓝绿色

如果想跳海， 随时都可以
反正大海又没有盖子
何况还挽起袖子， 使出那么大的力气
对我生拉硬拽

而身体深处的向心力
又让我稳住脚跟， 紧紧抓住想象中的
空气之中的把手

5

从海底到达海面， 究竟有多少层
总共有多少级楼梯
风试图用强调的语气

来进行测量

海不仅是深渊， 还是另类的天空
风允许波涛运载自己
相当于搭乘了云朵

大海和天空在互相戏仿
并以对方为镜
反复映照和阅读
倾听来自另一片蔚蓝的耳语
海天之间的交界线， 那条笔直的绳索
在微微颤抖

6

大海， 太大了， 也太海了
一个又一个风的旋涡隆起在远处水面
在蓝绿之中呈现出青黑色
仿佛鲸鱼露出的脊背

近处， 一只小海葵在礁石缝的水洼里安家
这海洋之中的无名之辈
看上去像一个字母
独自停留
躲避着风

7

我在世上的安全感， 来自两极：

来自空旷和广漠
也来自低矮和狭窄
但必定的唯一条件是： 无人

我不为自己辩护， 我从来最怕的就是人
唯愿只身前往
荒山、 沙漠、 远海、 孤坟

除了风， 什么都不要
风是唯一的指望
无形的风吹过无垠的大海
人生在无人之处重启

海风翻越礁石， 翻越码头的栏杆
翻越崖壁上的朴树
翻越防风林旁边的木栈道
最后翻越的是
我那颗跟随风势而越来越无所畏惧的心

8

风在海的高速路疾行
风在海的广场昂首阔步
风在岛屿的十字路口徘徊
风在海湾的胡同进退两难
风冲撞岩崖并改变方向
风从海的那一面吹来， 运送着

浪花的包裹和信件， 字谜的图案

在阳光下
风一页一页地翻着大海
供蓝天阅读
在阳光下
风欲将大海送往空中
仰蓝天之鼻息

9

我身体里也有一个大海
在最僻远之处澎湃
有一艘船， 等着出发
有一个灯塔， 传递信息
有滩涂， 有悬崖， 有松林， 有渔村， 有浮标
鸥鸟测量着海天之间的距离
我灵魂里的飓风
常常把整个大海席卷

我身体里也有一个天空
当风转动了齿轮
就想跟下面那个大海决斗
而更多的时候， 是天空和大海
比赛蔚蓝
相视大笑

10

大海永远正确，　天空永远正确

大地偶尔犯错

而渺小人类如我

似乎从来不曾做对过什么

在狂风中摇摆，　在淤泥里彷徨

请求那高处的力量，　那超越海天的力量

将我救拔

11

当走投无路，　谁会

为我把大海分开，　开出一条通道

谁又会在那海面上行走

平稳地踏在波浪上

要我把手伸过去

一个穷人，　迎着海风

一个穷人，　两手空空地攥着自由

多么幸福

12

得把手里的事情做完

赶在天黑之前，　趁还来得及

阳光像鞭打陀螺一样
抽打着地球

人生猛然加速
我看见了它空转的马达

海风吹， 海和风都有自己的里程
海风吹， 堤岸上的树神志不清
在天尽头， 在大陆尽头
我一个人待着
我一个人东临岬角

13

四月末尾， 这是地球上第多少个春天
正在轮回

在内陆， 花儿已经开败
海边的花刚开， 开得正好
樱花、 丁香、 泡桐、 油菜、 马蔺、 紫叶李
举着朵朵花萼
在空气中干杯

内心圆满的孤僻之人
携果腹之物
天不亮就启程
迈过半岛大门， 朝向半岛之窗

184

一路向东， 追赶着春天
一路向东， 来到大海边

14

日月之行， 若出其中
星汉灿烂， 若出其里

海风吹， 吹起宇宙间亘古的苦闷
谁能把风来囚禁
海风吹， 把困顿吹成空无和辽远
把一切锁链吹断
海风吹， 我面朝无穷
头发向后飞

巧克力工厂

1

巧克力工厂相当于军事基地
孤独里有爆破的能量

厂房建在沙漠里
沙漠和巧克力均具有先验的热情
属于凝固着的烈焰
是尚未扰动的情欲之火
衬着洪荒之寂静， 它们用沙哑嗓音对谈

沙漠是荒野中的荒野
一半时间沉默， 另一半时间哈欠连天
在这僻远之地， 逼近地球真相之地
为了抵挡遗忘和消失
如果不种植罂粟， 那就开办巧克力工厂

2

积木式厂房是这里唯一的豪门
戴着隐形皇冠
从天长地久的虚无里

提炼出纯粹与本质

在大门口，仙人掌刺破空气的硬核
使风成为抗氧化的风
地平线上的落日将甜蜜和悲怆
掺进了配料表

3

以模板化的工艺来制造
和平时代的弹药
一些让世人相亲相爱的弹药

车间里有回形和 U 形管道
输送激情或苦闷的思想
打棕色的嗝，吹棕色的泡泡，荡着棕色的涟漪
并以这种由天空、阳光和土地为三原色
调配出来的健康之色
向世界致敬

光线与风，作用于伤痛
打碎、融化、研磨、搅拌、冷却、成型
玛雅文明以这种方式来现代走了一趟

可可，是另一种生命之铀
是爱的哲学原理
太阳辐射的热力，热带雨林的氤氲

以克为单位贮存其中

4

苦是两道深褐色蕾丝花边
镶在甜的周围， 固定住了甜的位置

苦和甜邂逅， 意见相左
彼此记忆、 遗忘、 谅解， 说 "对不起——"
中间有一道分界线或一道缝隙
让味蕾下陷并且沉没

城府太深的命运
总在苦中才会觉出甜味
苦和甜， 究竟谁是锁进巧克力的那个主题

广袤的寂寞， 在舌尖上醇厚， 有精密刻度
消除灵魂的寒意
拯救对于人生的困倦
让自己恢复成一台马达继续去爱这个世界

5

丘比特之箭的末端
如果不涂没药， 那就可能抹巧克力
一下射中良人的心脏， 令其思爱成病
良人， 白而且红， 超乎万人之上
至于童话， 几乎是由巧克力制作的

里面或许还会有一幢可以吃的巧克力房屋

天气变热时则悄悄融化

蛀虫们有福了， 它们必得饱足

螨虫们有福了， 它们必得安慰

6

一块巧克力的内部

有裂帛之纹理

有光芒进入向日葵时的踌躇和决心

有肉身坠落又飞升的深渊和漩涡

有与天窗和后门相连的幽微

有沿着知觉斜坡滑向的轻盈的未知， 神的家

巧克力的味道里有混沌， 有鸿蒙

有拼音文字的喃喃自语

有伊壁鸠鲁的快乐和叔本华的伤悲

以及弗洛伊德的原欲动力学美学

有小小的灰烬般的幻灭

有穿越长长的幽暗之后的复活

有一个连通着拂晓的隧道， 一个形而上的黄昏

7

不同于橘子糖、 蜜饯和桃酥

——把甜蜜和芬芳挂在脸上的暴发户

连最没落的巧克力

也有世袭的爵位

可可含量意味着品格
一块飘着暗香的丝绸铺展
晚钟从远处传来

8

牛奶的， 它理解春天的流水
果仁的， 爱深埋心中， 需要爆发
松露的， 深入浅出地表达对于活着的喜欢
若加上朗姆酒， 便成了义薄云天
黑巧克力， 孤独到死
至于巧克力布朗尼的缠绵， 从一开始便进入倒计时

每一种味道都是一个隐喻
比心境提早一步地蜿蜒而去， 迤逦而返
在口中开出一朵花来
情不知所起， 一往而深

一曲过后， 华丽的尾音
坠入空茫和虚无
身心产生出微妙的化学反应
与世界签订和约

风最终吹散的是
一张剥开来又丢弃的不知悲愁的糖纸

9

对于巧克力的诠释可以是：

190

全世界的童年
友谊和爱情的伴手礼

对于巧克力的诠释还可以是：
情绪洪水中的诺亚方舟
上天赐下的另一种吗哪， 陪伴人世的旷野

至于巧克力工厂
那一定是由一个被禁止吃糖的小孩
长大以后建立起来的
乌托邦

10

穿上锡纸的胸衣
装进有蕾丝花边和蓬蓬袖的盒子
这全神贯注的自白和孑然一身的圆满
西装革履

不顾买椟还珠之嫌
现实主义的爱有了浪漫主义的理由
最后还要系上缎带
以打消人们对于幸福的疑虑

11

请享用日光之下劳碌得来的好处
巧克力是人类的最佳抒情

请享用日光之下劳碌得来的好处

用提炼镭的方法提炼回忆

请享用日光之下劳碌得来的好处

宁可献出牙齿和胰岛素， 也不要拒绝巧克力

请享用日光之下劳碌得来的好处

起来吃吧！ 因为你当走的路甚远

请享用日光之下劳碌得来的好处

永恒之巧克力， 引领我们上升

12

一座沙漠里的巧克力工厂， 生产固体的阳光

制造胶质的风

一座沙漠里的巧克力工厂

把阳光层层包装， 将风密封罐装

今日赐给我们的

进入肠胃之中

巧克力工厂， 核反应堆， 驱动一场行动

巧克力工厂， 因爱和怜恤而存在

巧克力工厂， 在荒芜中找到了信靠

巧克力工厂， 有可见的能量， 亦有不可见的能量

而那不可见的， 才是巨大的和永远的

巧克力工厂， 业务横跨灵与肉， 地狱与天堂

巧克力工厂， 与自由同在

图书在版编目（CIP）数据

泉边／路也著. —济南：山东文艺出版社，
2021.12
ISBN 978－7－5329－6470－3

Ⅰ.①泉… Ⅱ.①路… Ⅲ.①诗集—中国—当代
Ⅳ.①I227

中国版本图书馆 CIP 数据核字（2021）第 240221 号

泉　边

路　也　著

主管单位	山东出版传媒股份有限公司
出版发行	山东文艺出版社
社　　址	山东省济南市英雄山路 189 号
邮　　编	250002
网　　址	www.sdwypress.com

读者服务	0531－82098776（总编室）
	0531－82098775（市场营销部）
电子邮箱	sdwy@ sdpress.com.cn

印　　刷	山东临沂新华印刷物流集团有限责任公司
开　　本	650 毫米×960 毫米　1/16
印　　张	12.75
字　　数	142 千
版　　次	2021 年 12 月第 1 版
印　　次	2021 年 12 月第 1 次印刷
书　　号	ISBN 978－7－5329－6470－3
定　　价	49.00 元